HISTÓRIAS QUE OS JORNAIS NÃO CONTAM

54 CRÔNICAS INSPIRADAS EM NOTÍCIAS DE JORNAL

Livros do autor publicados pela **L&PM** editores:

Uma autobiografia literária – O texto, ou: a vida
Cenas da vida minúscula
O ciclo das águas
Os deuses de Raquel
Dicionário do viajante insólito
Doutor Miragem
A estranha nação de Rafael Mendes
O exército de um homem só
A festa no castelo
A guerra no Bom Fim
Uma história farroupilha
Histórias de Porto Alegre
Histórias para (quase) todos os gostos
Histórias que os jornais não contam
A massagista japonesa
Max e os felinos
Mês de cães danados
Minha mãe não dorme enquanto eu não chegar e outras crônicas
Pai e filho, filho e pai e outros contos
Pega pra Kaputt! (com Josué Guimarães, Luis Fernando Verissimo e Edgar Vasques)
Se eu fosse Rothschild
Os voluntários

MOACYR SCLIAR

HISTÓRIAS QUE OS JORNAIS NÃO CONTAM

54 CRÔNICAS INSPIRADAS EM NOTÍCIAS DE JORNAL

Texto de acordo com a nova ortografia.

Este livro foi publicado pela Agir Editora, em 2009.
Primeira edição pela L&PM Editores: setembro de 2017
Esta reimpressão: novembro de 2024

Capa: Ivan Pinheiro Machado. *Ilustração*: acervo da L&PM Editores
Revisão: Marianne Scholze e Lia Cremonese

CIP-Brasil. Catalogação na publicação
Sindicato Nacional dos Editores de Livros, RJ.

S434h

Scliar, Moacyr, 1937-2011
  Histórias que os jornais não contam: 54 crônicas inspiradas em notícias de jornal / Moacyr Scliar. – Porto Alegre, RS: L&PM, 2024.
  160 p. ; 21 cm.

  ISBN 978-85-254-3441-8

  1. Ficção brasileira. I. Título.

16-35521   CDD: 869.3
                                   CDU: 821.134.3(81)-3

© 2017, herdeiros by Moacyr Scliar

Todos os direitos desta edição reservados a L&PM Editores
Rua Comendador Coruja, 314, loja 9 – Floresta – 90.220-180
Porto Alegre – RS – Brasil / Fone: 51.3225.5777

Pedidos & Depto. Comercial: vendas@lpm.com.br
Fale conosco: info@lpm.com.br
www.lpm.com.br

Impresso no Brasil
Primavera de 2024

Sumário

Introdução 7
Na contramão da História 9
Estranhas afinidades 11
O rádio apaixonado 14
O lendário país do *recall* 17
A vingança do homem invisível 20
O futuro na geladeira 23
Mensagem de Natal 26
Casamento imaginário 29
O carrinho ciumento 32
O amor é um jogo de tiro ao alvo 35
O amor é reciclável 38
A mulher real, a mulher virtual 41
O mortífero celular 44
Lágrimas da cebola & outras lágrimas 47
Conquistas culinárias 50
Esperando o Homem-Aranha 53
Espaço vital 56
Cueca-cofre 59
Confissões do Ano-Novo 62
Cara de velho, cabeça de velho 65
Voz interior 68
Vista panorâmica 70
Troca-troca na internet 73
Primeira classe 75
Torpedos 78

Tempo de lembrar, tempo de esquecer 81
Sobre cartas e crateras 84
Roda dos expostos 87
Contra a pirataria 89
Quero meu peso de volta 92
Passe de mágica 95
Parada obrigatória 97
Para mais ou para menos 100
O último passo 102
O desbancado que virou banqueiro 105
O amor supera o calendário 108
O destino no sobrenome 110
Monkey Business 112
Miau 115
Massageando o dorso político 117
Já li isso em algum lugar 120
Fome de amor 123
Deus, censurado 126
Clocky, o implacável 129
Câmera indiscreta 131
Brincando com fogo 133
A última do papagaio 136
A ponte 139
O amor reciclado 141
Guerrilha capilar 143
Divórcio e recessão 146
Depois do Carnaval 149
Previsões sobre o menino que nasceu nas alturas 152
Iguaria 155

Introdução

Em geral acreditamos que existe uma nítida linha divisória entre o real e o imaginário, entre o fato e a ficção: territórios claramente demarcados em nossas vidas. Mas será que é assim mesmo? Os escritores terão dúvidas. Frequentemente partem da realidade – um episódio histórico, um personagem conhecido, um fato acontecido – para, a partir daí, construírem suas histórias. Uma experiência que tive muitas vezes ao longo de minha trajetória literária. Mas confesso que não estava preparado para a verdadeira aventura que teve início quando, anos atrás, e a convite de editores da *Folha de São Paulo*, comecei a escrever textos ficcionais baseados em notícias de jornal. Não é, obviamente, algo novo; já aconteceu muitas vezes. Mas, praticada sistematicamente, essa atividade foi se revelando cada vez mais surpreendente e fascinante. Descobri que, atrás de muitas notícias, ou nas entrelinhas destas, há uma história esperando para ser contada, história essa que pode ser extremamente reveladora da condição humana. O jornal funciona, neste sentido, como a porta de entrada para uma outra realidade – virtual, por assim dizer. Neste momento o texto jornalístico, objetivo e preciso, dá lugar à literatura ficcional. À mentira, dirá o leitor. Bem, não é propriamente mentira; são histórias que esqueceram de acontecer. O que o escritor faz é recuperá-las antes que se percam na imensa geleia geral composta pelos nossos sonhos, nossas fantasias, nossas ilusões. Este livro contém várias das histórias assim escritas. Espero que o leitor as tome como um convite para ingressar no inesquecível território do imaginário.

Moacyr Scliar, 2009

NA CONTRAMÃO DA HISTÓRIA

Um comerciante foi detido pela Polícia Militar Rodoviária após dirigir na contramão da Rodovia dos Imigrantes por 1 km. Segundo a polícia, ele parecia embriagado.

Ao entrar na rodovia ficou surpreso em ver um carro vindo em sua direção – e aquela era uma pista de mão única. Acenou nervosamente para o motorista para que desviasse, e aí nova surpresa: o homem também lhe acenava, com o mesmo propósito. Passaram um ao lado do outro, de raspão. "Contramão!", ele gritou indignado. O motorista do outro carro também gritou: "Contramão!".

Ele mal se refizera do susto quando, de novo, avistou um veículo – um caminhão – igualmente em sentido contrário ao seu. E logo uma moto, e logo uma van, e carros de passeio, e um ônibus – todos na contramão. Meu Deus, ele se perguntava, o que estará acontecendo? Será que todo mundo enlouqueceu nesta rodovia, neste estado, neste país? A dúvida então lhe ocorreu: não seria ele o errado? Não estaria ele na contramão?

Não. Ele não estava na contramão, disso tinha absoluta certeza. Conhecia bem aquela rodovia, era um caminho habitual para ele. Teria havido, sem que ele soubesse, uma inversão de pistas? Talvez, mas isso não lhe tirava a razão.

Uma alteração tão significativa deveria ter sido previamente divulgada; e teria sido necessário colocar avisos na rodovia. Não. Ele estava certo, e continuaria em seu rumo, mesmo que todos os outros fizessem o contrário. Não seria a primeira vez na História que tal aconteceria. Afinal, Galileu Galilei tinha sido condenado pela Inquisição por dizer que a Terra girava em torno do Sol, quando todos afirmavam o contrário. Enfrentara corajosamente o julgamento, sem mudar de opinião. E ele não mudaria de pista. Continuaria dirigindo e fazendo sinais para os imprudentes até que todos se dessem conta da verdade.

Não demorou muito e foi detido pela polícia. O que ele aceitou com resignação. A conspiração não era só dos motoristas, era das autoridades, dos seres humanos em geral. Um dia, porém, a Verdade apareceria naquela estrada. Avançando celeremente, e na mesma mão em que ele estava.

ESTRANHAS AFINIDADES

Casal se divorcia após descobrir que flertava pela internet. Um casal residente na cidade de Zenica, na Bósnia-Herzegovina, estava com problemas no casamento. Por causa disso os dois iniciaram contatos pela internet, e, sem saber de suas identidades, trocaram mensagens e acabaram se apaixonando. Quando a relação se tornou séria, decidiram se encontrar, e então descobriram quem eram. O casal decidiu se separar. (29/10/2007)

Quando descobriram que, sem saber, estavam se correspondendo pela internet, ficaram, marido e mulher, surpresos, e chocados. Aquilo era algo mais que uma simples coincidência. Era um sinal. Um sinal de que alguma coisa, em ambos, estava profundamente errada. E esta coisa os levara, durante um tempo que não havia sido pequeno, a viver uma dupla existência. Daí as interrogações.

Quem sou eu, perguntava-se ele. Com razão. No dia a dia ele era uma pessoa nervosa, irascível, de gestos bruscos. Relacionava-se mal com os amigos e conhecidos e costumava descarregar suas frustrações na esposa.

Quem sou eu, perguntava-se ela. Com razão. No dia a dia ela era uma pessoa nervosa, irascível, de gestos bruscos. Relacionava-se mal com os amigos e conhecidos e costumava descarregar suas frustrações no marido.

Quem sou eu, perguntava-se ele. Com razão. Nas mensagens que enviava pela internet revelava-se, para sua própria surpresa, uma pessoa afetiva, dotada de rica imaginação e capaz de construir uma relação amorosa mesmo à distância, mesmo sem ver aquela a quem se dirigia. Um milagre da internet? Talvez, mas ele suspeitava que a internet nada mais fizera do que liberar o seu lado bom, o seu lado positivo, o lado que amava a vida e que buscava compartilhar tais sentimentos com alguém.

Quem sou eu, perguntava-se ela. Com razão. Nas mensagens que enviava pela internet revelava-se, para sua própria surpresa, uma pessoa afetiva, dotada de rica imaginação e capaz de construir uma relação amorosa mesmo à distância, mesmo sem ver aquele a quem se dirigia. Um milagre da internet? Talvez, mas ela suspeitava que a internet nada mais fizera do que liberar o seu lado bom, o seu lado positivo, o lado que amava a vida e que buscava compartilhar tais sentimentos com alguém.

Como é possível, indagava-se ele, inquieto, que eu tenha, por assim dizer, duas vidas? Como é possível que estas duas partes de mim sejam tão diferentes, tão incompatíveis? O que eu poderia fazer para me tornar uma pessoa só? A quem deveria recorrer para isso?

Como é possível, indagava-se ela, inquieta, que eu tenha, por assim dizer, duas vidas? Como é possível que estas duas partes de mim sejam tão diferentes, tão incompatíveis? O que eu poderia fazer para me tornar uma pessoa só? A quem deveria recorrer para isso?

Estas eram as perguntas que se faziam. Claro, poderiam fazer as mesmas perguntas um para o outro. Poderiam descobrir-se mutuamente, poderiam, quem sabe, constatar que, ao fim e ao cabo, haviam sido feitos um para o outro. Mas um diálogo destes não é fácil. Preferem continuar na internet para ver se encontram o Príncipe Encantado, a Princesa Encantada.

O RÁDIO APAIXONADO

Rádio de carro aumentou volume sozinho até pifar, afirma leitora. "Comecei a observar que o rádio esquentava o botão se a frente fosse deixada nele. Logo depois, começou a ficar louco: aumentava o volume sozinho, até parar de funcionar." Ela disse ainda ter notado um som estranho que saía do interior do aparelho. "Só posso escutar o rádio com o carro ligado e, a cada vez que o ligo, ele está todo desconfigurado. O meu MP4 queimou ao ser ligado ao rádio." (10/03/2008)

"Minha querida dona, sei que você anda se queixando de mim, publicamente, até. Você não pode imaginar o sofrimento que isto me causa, mesmo porque você provavelmente acha que rádios são objetos inanimados, sem vida própria. Você está enganada. Ao menos no meu caso, você está enganada. Ao contrário do que você pensa, tenho sentimentos, tenho emoções. É em nome desses sentimentos e dessas emoções que lhe falo agora, tanto em AM como em FM. Na verdade, eu nem tinha tomado conhecimento de minha própria existência, até que fui instalado em seu carro. Você estava muito feliz; tinham lhe dito que minha marca é ótima e que você contaria com um som maravilhoso para lhe ajudar no estresse que é esse trânsito. E, eu colocado no meu lugar, você me acariciou, você tocou os meus botões. Senti um verdadeiro choque, eu que já deveria estar acostumado com eletricidade. Você fez de mim um ser vivo.

Vivo e apaixonado. Daquele momento em diante, passei a ansiar por sua presença. Era para você que eu queria transmitir as melodias que recebia através de tantas canções. Você ao volante, minha felicidade era completa.

Acontece que você não se deu conta disso, ou fingiu que não se dava conta disso. Você me ligava, você sintonizava uma emissora qualquer e pronto, voltava à sua vidinha. Pior: tratava-se de uma vidinha partilhada. Amigas embarcavam em seu carro. Amigos também. Você conversando com um homem, aquilo me dava ciúmes, ciúmes terríveis. O Bentinho, do Machado de Assis, aquele que desconfiava da Capitu, não sofreu tanto. Lá pelas tantas eu tinha ciúmes até do seu MP4.

Agora: o que poderia eu fazer? Humanos têm como demonstrar seus ciúmes, têm como descarregar a frustração. Mas eu sou um rádio, um bom rádio, mas rádio, de qualquer maneira. A mim não estava facultado fazer cenas. Recorri, então, àquilo que estava a meu alcance: o som. Quando você estava com alguém de quem eu não gostava, eu aumentava meu volume – e volume, você sabe, é coisa que não me falta – até chegar a níveis insuportáveis, uma avalanche de decibéis. E aí, subitamente me calava. Para lembrar a você que o silêncio também fala, especialmente o silêncio dos traídos. Ah, sim, e queimei o seu MP4. Tinha de queimar: era ele ou eu.

Você foi se queixar com um técnico, achando que eu estava desconfigurado. Num certo sentido você está certa:

15

estou desconfigurado, estou desfigurado, estou perturbado – mas tudo isso por causa do sofrimento que você me causou.

Querida dona, estas são minhas derradeiras palavras, antes de sair definitivamente do ar, antes do silêncio final.

Minha última mensagem é esta: nunca brinque com os sentimentos de um rádio apaixonado. Você vai ter, no mínimo, surpresas desagradáveis."

O LENDÁRIO PAÍS DO *RECALL*

Leitora manda boneca para recall *e não a recebe de volta.* "*Como explicar para uma criança que seus brinquedos foram embora há três meses e não voltaram?*" (25/02/2008)

"Minha querida dona: quem lhe escreve sou eu, a sua fiel e querida boneca, que você não vê há três meses. Sei que você sente muitas saudades, porque eu também sinto saudades de você. Lembro de você me pegando no colo, me chamando de filhinha, me dando papinha... Você era, e é, minha mãezinha querida, e é por isso que estou lhe mandando esta carta, através do cara que assina esta coluna e que, sendo escritor, acredita nas coisas da imaginação.

Posso lhe dizer, querida, que vivi uma tremenda aventura, uma aventura que em vários momentos me deixou apavorada. Porque tive de viajar para o distante país do *recall*. Aposto que você nem sabia da existência desse lugar; eu, pelo menos, não sabia. Para lá fui enviada. Não só eu: bonecas defeituosas, ursinhos idem, eletrodomésticos que não funcionavam e peças de automóvel quebradas. Nós todos ali, na traseira de um gigantesco caminhão que andava, andava sem parar. Finalmente chegamos, e ali estávamos, no misterioso e, para mim, assustador país do *recall*. Um homem nos recebeu e anunciou, muito secamente, que o nosso destino em breve seria traçado: as bonecas (e os ursinhos, e outros brinquedos, e objetos vários) que tivessem conserto seriam consertadas e mandadas de volta para os donos; quanto tempo isso levaria era imprevisível, mas três meses era o mínimo. Uma boneca que estava do meu lado, a Liloca, perguntou, com os olhos arregalados, o que aconteceria para quem não tivesse conserto. O homem não disse nada, mas seu sorriso sinistro falava por si.

Passamos a noite num enorme pavilhão destinado especialmente às bonecas. Éramos centenas ali, algumas com probleminhas pequenos (um braço fora do lugar, por exemplo), outras já num estado lamentável. Estava muito claro que para várias de nós não haveria volta.

Naquela noite conversei muito com minha amiga Liloca – sim, querida dona, àquela altura já éramos amigas. O infortúnio tinha nos unido. Outras bonecas juntaram-se a nós e logo formamos um grande grupo. Estávamos preocupadas com o que poderia nos suceder. De repente a Liloca gritou: 'Mas, gente, nós não somos obrigados a aceitar isso! Vamos fazer alguma coisa!'. Nós a olhamos, espantadas: fazer alguma coisa? Mas fazer o quê? Liloca tinha uma resposta: vamos tomar o poder. Vamos nos apossar do país do *recall*.

No começo aquilo nos pareceu absurdo. Mas Liloca sabia do que estava falando. A mãe da dona dela tinha sido uma militante revolucionária e sempre falava nisso, na necessidade de mudar o mundo, de dar o poder aos mais fracos. Ora, dizia Liloca, ninguém mais fraco do que nós, pobres, desamparados e defeituosos brinquedos. Não deveríamos aguardar resignadamente que decidissem o que fazer com a gente.

De modo, querida dona, que estamos aqui preparando a revolução. Breve estaremos governando o país do *recall*. Mas não se preocupe, eu a convidarei para uma visita. Você poderá vir a qualquer hora. E não precisará de *recall* para isso."

A VINGANÇA DO HOMEM INVISÍVEL

Mediante um material especial capaz de desviar raios de luz, pesquisadores da Universidade da Califórnia tornaram possível a invisibilidade. (25/08/2008)

Avisado de que muitas empresas estavam interessadas na nova tecnologia da invisibilidade, o pessoal do laboratório resolveu apressar o ritmo das pesquisas. Trabalharam dia e noite e por fim conseguiram o seu objetivo: uma espécie de vestimenta que cobriria uma pessoa da cabeça aos pés e que, desviando qualquer luminosidade, tornaria essa pessoa invisível.

A tarefa terminada, era preciso experimentar o invento. Por causa do alto preço do material, a vestimenta era relativamente pequena. Nenhum dos cientistas que ali estavam poderia vesti-la. Quem o faria? Alguém mencionou então o servente do laboratório.

Era um homem já de certa idade, muito simples, muito humilde – e baixinho. Tão baixinho, e tão humilde, que a equipe o chamava de Anãozinho. Um apelido que ele aceitava sem dizer nada; aliás, se havia funcionário quieto era ele. Fazia o seu trabalho em silêncio e em silêncio ia para casa. Agora, disse o chefe do laboratório, o Anãozinho teria o seu momento de glória, na qualidade de primeiro ser humano a se tornar invisível.

Para surpresa de todos, o servente recusou. Ele, ficar invisível? De maneira alguma; era uma ideia que lhe causava imenso pavor. Foram inúteis as explicações dos cientistas, segundo as quais a invisibilidade era apenas transitória; ficaria visível tão logo tirasse a roupa. O Anãozinho simplesmente não acreditava nisso. Já ouvira falar de muitas experiências com resultados inesperados e catastróficos; não queria ser mais uma vítima da ciência. Finalmente o chefe, impaciente, deu-lhe um ultimato: ou vestia a roupa ou estava despedido. O pobre homem precisava do emprego. Em lágrimas, concordou.

Vestiu a roupa, e de fato sumiu. Coisa que o pessoal da equipe celebrou com entusiasmo: a invisibilidade funcionava! O Nobel de física agora estava à espera deles, sem falar na grana que ganhariam. Terminadas as comemorações, o chefe voltou-se para o lugar onde, supostamente, estaria o servente invisível e pediu-lhe que tirasse a roupa.

Não houve resposta. Invisível, o homenzinho tinha mesmo sumido; não conseguiam achá-lo. Aparentemente, saíra do laboratório, mas por quê? Qual a razão dessa estranha atitude?

De repente, deram-se conta: uma pasta que estava em cima da mesa, com todos os documentos relacionados ao projeto, todas as fórmulas secretas, havia sumido. E não era difícil imaginar quem a tinha levado. O servente tinha, sim, se vingado. Mais que isso, vendendo o projeto para grupos rivais, ficaria riquíssimo, e, invisível, poderia sumir para sempre. Poderia comer de graça nos melhores restaurantes, viajar em navios de cruzeiro, dormir em excelentes hotéis. A invisibilidade, sobretudo para os baixinhos humildes, é uma promessa de excitantes aventuras.

O FUTURO NA GELADEIRA

*A*mélia Pires, 80, interrompe sonho de ter vaga na Universidade de São Paulo para comprar geladeira. Há anos faz o exame vestibular para o curso de administração da USP. Mas este ano teve de desistir. A geladeira estava imprestável, e o dinheiro da inscrição — ajuda de um sobrinho — foi usado para pagar a prestação de uma nova. (24/11/2008)

Não foi uma decisão fácil, como se pode imaginar. Curso de administração ou geladeira? A favor de ambas as coisas, o curso e a geladeira, havia argumentos.

O curso era algo com que sonhava desde há muito tempo, desde jovem, para dizer a verdade. Primeiro, porque era uma fervorosa admiradora da atividade em si, da administração. Organizar as coisas, fazer com que funcionem, levar uma empresa ao sucesso, mesmo em épocas de crise, sobretudo em épocas de crise, parecia-lhe um objetivo verdadeiramente arrebatador. Com o curso ela poderia tornar--se, mesmo com idade avançada, uma daquelas dinâmicas executivas cuja foto via em jornais e em revistas.

Mas a geladeira... A verdade é que precisava de uma geladeira nova. A antiga estava estragada, tão estragada que o homem do conserto a aconselhara a esquecer "aquele traste" e partir para algo mais novo. E isso precisava ser feito com urgência: todos os dias estava jogando fora comida que estragara por causa do inconfiável eletrodoméstico. Era o curso ou a geladeira. Era apostar no futuro ou resolver os problemas do presente. Ou se inscrevia na universidade ou pagava a prestação na loja: tinha de escolher. Dilema penoso. Durante duas noites não dormiu, fazendo a si própria cálculos e ponderações. "Faça o curso", sussurrava-lhe ao ouvido uma vozinha, "você será outra pessoa, uma pessoa com conhecimento, com dignidade, uma pessoa que todos respeitarão." E aí outra vozinha intervinha: "Deixe de bobagens, querida. Geladeira é comida, e comida é o que importa. Como é que você vai se alimentar se a comida continuar estragando desse jeito? Seja prática". Duas vozinhas. Anjinho e diabinho? Nesse caso, qual era a voz do anjinho, qual a do diabinho? Mistério.

Na manhã do terceiro dia sentiu um mau cheiro insuportável, vindo da cozinha. Foi até lá, abriu a geladeira, e, claro, era a carne que simplesmente tinha apodrecido.

Foi a gota d'água. Vestiu-se, foi até a loja e comprou a geladeira nova.

Que lhe foi entregue naquele mesmo dia. Era uma bela geladeira, com muitos dispositivos que ela mal conhecia. "Vou ter de fazer um curso para aprender a operar essa coisa", disse ao homem da entrega. Ele concordou: "Sempre é bom fazer cursos".

Instalada a geladeira, ela tratou de colocar ali os alimentos e as bebidas.

Foi então que encontrou a garrafa de champanhe. O champanhe que tinha comprado para celebrar com os vizinhos a sua entrada na universidade. Suspirou. O que fazer com aquilo, agora? Dar de presente para o sobrinho que a ajudara com o dinheiro da inscrição?

Resolveu guardar a garrafa. Bem no fundo da geladeira. Um dia ela ainda ingressaria no curso de administração; um dia brindaria a seu futuro. Era só questão de esperar. Sem medo: uma boa geladeira conserva qualquer champanhe.

MENSAGEM DE NATAL

*U*m *cartão de Natal com um desenho colorido de Papai Noel e uma menina, postado em 1914, chegou a seu destino na cidade americana de Oberlin, no estado do Kansas, depois de ficar extraviado durante 93 anos. O cartão, datado de 23 de dezembro de 1914, tinha sido enviado a Ethel Martin, de Oberlin. Ethel Martin nunca chegou a ler a mensagem de Natal. Ela morreu antes de receber o cartão.* (17/12/2007)

Para ele, o fim do ano era sempre uma época dura, difícil de suportar. Sofria daquele tipo de tristeza mórbida que acomete algumas pessoas nos festejos de Natal e de Ano-Novo. No seu caso havia uma razão óbvia para isso: aos setenta anos, solteirão, sem parentes, sem amigos, não tinha com quem celebrar, ninguém o convidava para festa alguma. O jeito era tomar um porre, e era o que fazia, mas o resultado era melancólico: além da solidão, tinha de suportar a ressaca.

No passado, convivera muito tempo com a mãe. Filho único, sentia-se obrigado a cuidar da velhinha que cedo enviuvara. Não se tratava de tarefa fácil: como ele, a mãe era uma mulher amargurada. Contra sua vontade, tinha casado, em 31 de dezembro de 1914 (o ano em que começou a Grande Guerra, como ela fazia questão de lembrar), com um homem de quem não gostava, mas que pais e familiares achavam um bom partido. Resultado desse matrimônio: um filho e longos anos de sofrimento e frustração. O filho tinha de ouvir suas constantes e ressentidas queixas. Coisa que suportava estoicamente; não deixou, contudo, de sentir certo alívio quando de seu falecimento, em 1984. Este alívio resultou em culpa, uma culpa que retornava a cada Natal. Porque a mãe falecera exatamente na noite de Natal. Na véspera, no hospital, ela lhe fizera uma confissão surpreendente: muito jovem, apaixonara-se por um primo, que acabou se transformando no grande amor de sua vida. Mas a família do primo mudara-se, e ela nunca mais tivera notícias dele. Nunca recebera uma carta, uma mensagem, nada. Nem ao menos um cartão de Natal.

No dia 24 pela manhã ele encontrou um envelope na caixa do correio. Como em geral não recebia correspondência alguma, foi com alguma estranheza que abriu o envelope.

Era um cartão de Natal, e tinha a falecida mãe como destinatária. Um velhíssimo cartão, uma coisa muito antiga, amarelada pelo tempo. De um lado, um desenho do Papai Noel sorrindo para uma menina. Do outro lado, a data: 23 de dezembro de 1914. E uma única frase: "Eu te amo".

A assinatura era ilegível, mas ele sabia quem era o remetente: o primo, claro. O primo por quem a mãe se apaixonara e que, através daquele cartão, quisera associar o Natal com uma mensagem de amor. Uma nova vida, era o que estava prometendo. Esta mensagem e esta promessa jamais tinham chegado a seu destino. Mas de algum modo o recado chegara a ele. Por quê? Que secreto desígnio haveria atrás daquilo? Cartão na mão, aproximou-se da janela. Ali, parada sob o poste de iluminação, e provavelmente esperando o ônibus, estava uma mulher já madura, modestamente vestida, uma mulher ainda bonita. Uma desconhecida, claro, mas o que importava? Seguramente o destino a trouxera ali, assim como trouxera o cartão de Natal. Num impulso, abriu a porta do apartamento e, sempre segurando o cartão, correu para fora. Tinha uma mensagem para entregar àquela mulher. Uma mensagem que poderia transformar a vida de ambos, e que era, por isso, um verdadeiro presente de Natal.

Casamento imaginário

Japonês faz campanha on-line para "casar" com personagem de desenho animado. O japonês Taichi Takashita iniciou uma campanha na internet para conseguir que seres humanos possam casar com personagens de desenho animado, e já tem o apoio de milhares de pessoas. "É amor real, mesmo que a pessoa seja ficcional. Gostaria de ter autorização legal para o matrimônio", afirmou.

Depois de muitos abaixo-assinados, de entrevistas para a tevê e até de demonstrações na rua (muitas pessoas usando fantasias do Pato Donald, do camundongo Mickey e de Minnie), a campanha finalmente teve êxito: o casamento com personagens de desenhos animados finalmente foi reconhecido como legal pelas autoridades.

Com o que ele deveria ficar contente: afinal, tinha liderado a campanha, ficara conhecido internacionalmente por isso. Mas a verdade é que estava apreensivo, muito apreensivo. Todo mundo agora esperava que pusesse em prática aquilo que defendera tão ardorosamente. Todos queriam vê-lo casado com uma personagem de história em quadrinhos, nova ou antiga. Uma emissora de tevê chegara mesmo a oferecer-lhe uma pequena fortuna em troca da cobertura exclusiva do casamento. E casar ele queria, mas, e aí vinha o problema, quem seria sua eleita? Gostava de todas as heroínas de desenho animado, mas de nenhuma em especial. Sua indecisão já estava gerando estranheza entre os fãs, revolta mesmo. Milhares de pessoas que tinham apoiado sua luta agora sentiam-se frustradas, enganadas. Como solucionar o problemas? Só havia um jeito, criar uma nova personagem, capaz de mobilizar sua paixão como nenhuma fizera até então.

Recorreu a um amigo de longa data que produzia filmes de animação. Explicou-lhe o dilema que estava vivendo, pediu ajuda. O amigo vacilou: não costumava produzir personagens por encomenda. Mas era tamanho o sofrimento do outro que ele resolveu atender o pedido.

Durante dias discutiram como seria essa mulher de sonhos. Jovem, claro, e bonita, mas isso não era suficiente: deveria ser alguém muito especial: uma princesa, dessas de histórias antigas.

O produtor então fez o desenho animado, com uma historinha simples e clássica: princesa é raptada por um feiticeiro, o herói resgata-a. Apaixonam-se, casam, vivem felizes para sempre. O herói era, naturalmente, o líder da campanha pelo casamento virtual.

O filme teve enorme sucesso, e o casamento foi devidamente registrado num tribunal. Mas o personagem principal da história, o rapaz que havia liderado a campanha pelo matrimônio com personagens imaginários, esse não está satisfeito. Ao contrário, sua vida transformou-se num inferno. Por causa dos ciúmes, naturalmente.

Cada vez que, junto a seu amigo produtor, ele revê o desenho animado (e isto acontece com frequência), a suspeita cresce dentro dele: tem certeza de que, da tela, a princesa lança olhares sedutores para o seu criador. É uma situação que não aguenta mais, e para a qual só vê uma solução: a separação legal e definitiva. Quer que a lei garanta divórcio para aqueles que, equivocadamente, casaram com personagens virtuais. É a única forma de recuperar a sua dignidade. Pelo divórcio virtual ele fará qualquer campanha.

O CARRINHO CIUMENTO

Carrinho de supermercado inteligente está destinado a se transformar em arma da luta contra a obesidade. Especialistas em tecnologia criaram um carrinho que alertará o cliente do supermercado assim que for colocado nele algum produto rico em gordura, açúcar ou sal. O carrinho possui uma tela interativa na qual os códigos de barras desses produtos, uma vez escaneados, ativarão uma luz vermelha de aviso. Quando o cliente introduzir seu "cartão de fidelidade" no supermercado onde faz normalmente suas compras, o carrinho "saberá" imediatamente se ele é solteiro, casado e quantas vezes faz compras por semana. E "saberá" levar o cliente às prateleiras que estão mais de acordo com suas preferências e necessidades. (26/11/2007)

Ele foi dos primeiros a aderir ao carrinho inteligente, e isto por várias razões. Solteirão, fazia ele próprio suas compras no supermercado, tarefa para qual tinha pouco tempo e paciência: consultar rótulos e preços era coisa que detestava. Mas precisava fazê-lo, porque (e esta era a segunda razão pela qual aderiu ao carrinho) estava com excesso de peso. Além disso era fã da tecnologia – trabalhava com informática – e o carrinho seria para ele uma espécie de alma gêmea.

De fato, o carrinho logo passou a fazer parte de sua vida. Detinha-se exatamente nas prateleiras em que estavam os produtos de que ele gostava mais, e que eram também os mais sadios. Além disso, e graças a um programa introduzido pela gerência do estabelecimento, o carrinho avisava-o da proximidade de um amigo ou de um companheiro de trabalho, acendendo uma luzinha verde, proporcionando amáveis encontros. Com o que ele começou a frequentar cada vez mais o supermercado. Era uma espécie de lar para ele.

Foi assim que encontrou a mulher de seus sonhos. Ela tinha mudado recentemente para o bairro, de modo que não a conhecia. Mas, tão logo a viu, apaixonou-se perdidamente. Porque era linda, ela. Alta, loira, olhos verdes, corpo perfeito... Divina, simplesmente divina.

Problema: ele era tímido. Por viver só, não tinha muita prática em abordar moças. Finalmente, criou coragem, e, um dia em que a viu parada junto ao caixa, foi até lá, com o carrinho.

E aí aconteceu uma coisa surpreendente. A luz vermelha do carrinho começou a piscar furiosamente ao mesmo tempo em que uma espécie de sirena, de cuja existência ele nem sabia, soava insistente. Uma advertência em tudo semelhante àquela produzida diante de alimentos muito calóricos, mas de intensidade bem maior.

A barulheira chamou a atenção da moça. Sorrindo, disse que o carrinho deveria estar estragado e sugeriu que ele o abandonasse num canto. Saíram juntos do supermercado e foram tomar um café. Passaram a noite juntos, e foi maravilhoso. Mas, no dia seguinte, quando se encontraram no supermercado, o carrinho voltou a fazer escândalo. De novo teve de abandoná-lo.

Vivem juntos agora, o rapaz e a moça. Ele não vai mais ao supermercado. Por causa do carrinho, claro. Que lá deve estar, doente de ciúme eletrônico. Um dia o esperará na saída do prédio para jogar-se sobre ele e atropelá-lo. Carrinhos ciumentos são um perigo.

O AMOR É UM JOGO DE TIRO AO ALVO

Nos Estados Unidos, a moda agora é fazer a festa da separação. As festas tornaram-se grandes eventos, e algumas empresas estão se especializando nessa demanda que cresce. De reuniões discretas a festanças de arromba, de shows performáticos a viagens extravagantes, vale tudo na hora de comemorar essa nova fase da vida, inclusive jogar dardos na foto do ex. (03/12/2007)

A separação foi traumática, dolorosa, humilhante, e ela achou que simplesmente não conseguiria sobreviver. As amigas, porém, deram a maior força: apelaram para a sua conhecida bravura, lembraram que a vida teria de continuar e que breve ela encontraria outro namorado, muito melhor que o panaca que a abandonara. Finalmente ela saiu da fossa e, para mostrá-lo ao mundo, resolveu dar uma festa de arromba, uma festa cuja lembrança incomodasse o ex pelo resto de seus dias. Teria de usar para isso todas as suas economias, mas certamente valeria a pena. Contratou uma empresa especializada, que se encarregou de todos os preparativos, e, assim, no dia marcado, lá estava ela, com as amigas e os amigos. O lugar era um restaurante de luxo reservado especialmente para a celebração.

Foi um sucesso. A comida estava ótima, o vinho era maravilhoso, a música, a cargo de um conhecido DJ, estupenda. Cantaram, dançaram, fizeram brincadeiras e lá pelas tantas, já meio alta por causa da bebida, ela chegou à conclusão de que a coisa realmente funcionara e que o ex-namorado agora era uma figura que ela mal lembrava.

E então o mestre de cerimônias pegou o microfone e anunciou que chegara o momento culminante do evento. Uma espécie de ritual que para sempre livraria a moça de qualquer penosa recordação do passado. Convidou-a a passar à frente. E aí descerrou-se uma cortina no fundo do salão e, iluminada por um potente holofote, apareceu uma enorme foto dele.

O mestre de cerimônias entregou à moça três dardos. Ela deveria atirá-los na foto. E, quando o terceiro dardo ali se cravasse, ela poderia se considerar liberta daquela dolorosa ligação.

Hesitante, mas rindo muito, ela pegou os três dardos e postou-se na frente da foto, a uns três metros de distância. E preparou-se para atirar o primeiro dardo, mirando na testa dele, aquela testa alta, bonita, que ela tanto admirara. Contou até três e arremessou o dardo.

Errou. O dardo foi bater na parede, longe da foto, e caiu no chão. Todos riram, estimulando-a: "De novo! De novo!".

Ela arremessou de novo, desta vez visando a boca, aquela boca que tantas vezes beijara. E mais uma vez errou, o dardo indo se cravar na cortina.

Àquela altura estava transtornada de raiva e de desespero. Assim como errara na vida, estava errando com os dardos. E isso não podia acontecer, não podia. Ela tinha de acabar com aquele maldito.

Pegou o terceiro dardo e mirou o peito, aquele peito que abrigava um coração cruel. Mas desta vez o dardo nem chegou à foto. Simplesmente descreveu uma curva e caiu no chão.

Chorando, ela abandonou o restaurante. E sumiu: há muito tempo os amigos não a veem. Parece que está na casa dos pais, no interior, mas o que faz lá é um mistério. Talvez esteja tomando aulas sobre como acertar no alvo com dardos.

O AMOR É RECICLÁVEL

Casal britânico paga lua de mel com lixo reciclado. Um casal britânico passou três meses recolhendo lixo para pagar as passagens aéreas de uma viagem de lua de mel para os Estados Unidos. John e Ann Till recolheram milhares de latas e garrafas nas ruas da cidade em que vivem, Petersfield, para levar a um centro de reciclagem em um supermercado da rede Tesco, que troca o material por milhas aéreas. "Queríamos uma lua de mel especial e estávamos tentando encontrar formas de arranjar dinheiro para isso", diz John Till, 31. Os dois recolheram o lixo quase todas as noites, durante três meses. "Eu me lembro de que estava nevando uma noite e fazia muito frio, mas ali estávamos, firmes", conta Ann. Eles afirmam que ficaram satisfeitos em ter recolhido o material reciclável para uma boa causa. (13/10/2008)

Não poderia haver no mundo pessoas mais felizes do que o casal que partia para a lua de mel nos Estados Unidos. Eles tinham muitas razões para estar felizes. Primeiro, claro, porque estavam em lua de mel; depois, porque a viagem sairia praticamente de graça – tinham conseguido o dinheiro para a viagem recolhendo produtos recicláveis. Pobres como eram, jamais poderiam ter pagado as passagens para Nova York. Além disso, seu trabalho representara uma contribuição muito valiosa para a causa da preservação ambiental, da qual ambos, militantes ecológicos, eram fervorosos adeptos. "Estamos começando nossa vida conjugal da melhor maneira possível", disse ele, quando embarcaram no avião. Com o que ela concordou, radiante.

Sim, a vida conjugal começou bem: a lua de mel em Nova York foi maravilhosa, passearam no Central Park, foram a museus e a vários espetáculos na Broadway. Mas tudo termina, inclusive a lua de mel, e um dia tiveram de voltar para casa.

E aí começou a vida de casados propriamente dita. Que não era muito fácil. Ambos tinham empregos modestos, ambos trabalhavam muito e ganhavam pouco. Mas isso não era o pior. O pior foi descobrir que viver a dois não é uma coisa fácil. Partilhar um quarto (minúsculo), partilhar um banheiro (minúsculo) implicava problemas que não tinham imaginado. Logo as discussões e as brigas começaram. Um ano depois, estavam se separando. Cada um voltou para a casa dos pais, na pequena cidade em que moravam, ambos sofrendo muito, ele, principalmente. Chorava lembrando os bons tempos de namoro e de noivado; mas chorava principalmente lembrando as noites em que, junto com a noiva, percorria as ruas desertas em busca de latas de refrigerantes e de garrafas plásticas.

Uma noite não aguentou: saltou da cama, vestiu-se e saiu. Estava nevando, mas isso não importava; ele queria, como naqueles bons tempos, recolher produtos descartáveis.

Não tinha andado três quarteirões, na rua deserta, quando de repente avistou alguém juntando uma lata de refrigerante da rua. Era ela, naturalmente. Caíram nos braços um do outro. E agora saem todas as noites para sua expedição ecológica. Não sabem ainda para onde vão viajar, mas sabem que será uma segunda, e feliz, lua de mel.

A MULHER REAL, A MULHER VIRTUAL

Local ideal para encontrar um parceiro após os 45 anos é a internet, informa estudo publicado na revista britânica New Scientist. *Mulher tenta sequestrar namorado virtual nos EUA. Autoridades americanas detiveram uma mulher que tentou sequestrar um homem com o qual manteve um romance pela internet. Kimberly Jernigan, 33, moradora da Carolina do Norte, não se conformou com o fim do romance virtual que manteve com um homem de 52 anos, que usava o nome "Lion", residente em Claymont, Delaware. Os dois entraram em contato através do Second Life, comunidade on-line. No entanto, quando ele a conheceu pessoalmente, meses depois, decidiu pôr fim ao relacionamento, o que fez com que a mulher se desesperasse, segundo a polícia. No início de agosto, Kimberly Jernigan foi até o local de trabalho de Lion e, armada com um revólver, tentou sequestrá-lo.* (01/09/2008)

"Caro Lion: não, por favor, não delete este e-mail. Não o delete, Lion. Leia-o até o fim, é a única coisa que lhe peço. Leia-o, e depois decida o que fazer. Mas leia-o. Não o delete.

Eu sei que você está furioso comigo, Lion. No seu lugar eu também estaria furiosa. Recapitulando: você inicia um relacionamento pela internet, que, segundo a prestigiosa revista *New Scientist*, é, após os 45 anos de idade, a forma ideal para encontrar um parceiro ou parceira. Você de fato encontra uma parceira. Você troca tórridos e-mails com ela. Você está feliz, feliz como nunca esteve em sua vida. Você abençoa essa tecnologia que lhe permite viver um verdadeiro romance virtual. E você não faz a mínima questão de conhecer essa parceira. Você prefere os delírios da imaginação amorosa à realidade, que, como você mesmo disse em uma mensagem, frequentemente revela-se decepcionante. Não foram poucas as frustrações que você teve com mulheres agressivas, autoritárias, arrogantes. Muito diferentes daquela com a qual você trocava e-mails.

E de repente essa mulher sai da cidade dela e vem procurar você. É uma terrível decepção. Trata-se de uma pessoa completamente diferente daquela criada por sua imaginação. Uma mulher, como aquelas que você odeia, agressiva, arrogante, autoritária. De imediato você dá o caso por encerrado. E aí, num ato de desesperado, ela, armada com uma pistola, tenta sequestrar você. Você – coisa que poucos meses antes lhe pareceria inimaginável – é obrigado a fazer queixa à polícia.

E por isso que lhe escrevo, Lion. Escrevo porque estou surpresa e horrorizada com o que aconteceu, com o que eu fiz. Mandando e-mails eu era uma, Lion; procurando você eu me tornei outra. Uma história tipo *O médico e o monstro*. Não o procurarei mais, Lion, mas preciso que você me ajude a responder à pergunta que me tortura: quem sou eu, Lion? Sou a gentil e apaixonada autora dos e-mails ou sou a violenta mulher de revólver na mão? A mulher virtual é a mulher real, ou a mulher real na verdade é virtual? Precisamos conversar sobre isso, Lion. Caso contrário voltarei aí, Lion. Voltarei, Lion. Voltarei armada e disposta a tudo.

E olhe que, assim como escrevo belos e-mails, assim como sei mirar o coração dos meus correspondentes, sei mirar muito bem os alvos com minha arma."

O MORTÍFERO CELULAR

Máfia italiana "disfarça" arma em formato de celular. A polícia italiana descobriu na semana passada um aparelho celular que, na verdade, é uma arma calibre 22. O "telefone-arma" tem a capacidade para quatro balas e foi apreendido com gângsteres da máfia italiana, em Nápoles. Segundo a polícia, o telefone se transforma em arma ao deslizar o teclado; um toque em uma tecla específica faz a bala disparar. "Esta é a primeira vez que uma arma desse tipo foi apreendida. Isso mostra a sofisticação tecnológica. Os mafiosos estão transformando a criminalidade", disse um porta-voz da polícia italiana. (08/12/2008)

Os dois eram mafiosos, os dois eram jovens e ambiciosos, os dois eram conhecidos pela astúcia e pelo temperamento violento. Tony "Raivoso" e Cipriano "Escorpião" se odiavam. Um havia jurado matar o outro. Mas a ambos repugnava pagar um assassino para fazer isso; ambos queriam, eles próprios, fazer justiça, como diziam, com as próprias mãos. Cara a cara.

O que seria difícil. Encontravam-se frequentemente, em geral num pitoresco restaurante onde ambos costumavam almoçar ou jantar. E aí conversavam cordialmente, como se fossem bons amigos. Mas, claro, um estava observando o outro. Se Tony levasse a mão ao bolso interno do paletó, Cipriano já estaria com a automática na mão, pronto a disparar (e vice-versa). Portanto, evitavam fazer qualquer gesto suspeito. Mas tinham a certeza de que, um dia, o inimigo descobriria um jeito de empunhar uma arma sem chamar a atenção.

Foi então que Tony ficou sabendo do telefone-arma, que estava sendo usado por gângsteres em Nápoles. E estremeceu: em matéria de astúcia, de traição, aquilo era obra-prima. Com todo mundo usando celular, quem desconfiaria de um truque assim?

Naquela noite, não dormiu. Tinha certeza de que, assim como soubera da notícia, Cipriano também já estava informado acerca do telefone-arma. Provavelmente já tinha o seu. E isso era para ele, Tony, uma ameaça terrível. Com esse alerta muito presente, dirigiu-se, ao meio-dia, ao restaurante, esperando que Cipriano não estivesse lá.

Mas Cipriano estava lá, e recebeu o desafeto de maneira surpreendentemente amável e até carinhosa. Porque tinha uma novidade para contar: acordara no meio da noite com uma certeza: estava na hora de dar um fim àquela rivalidade, àquele ódio. Por que não se uniam, os dois, e seus grupos? Unidos, eles seriam imbatíveis. Tony não estava de acordo?

Desconfiado, Tony disse que sim, que aquela era uma boa ideia, impregnada, inclusive, do espírito natalino. Se você está de acordo, disse Cipriano, radiante, vou reunir minha gente agora mesmo. E tirou do bolso o celular.

Antes que fizesse qualquer coisa, Tony já tinha lhe metido três balas na cabeça. Cipriano caiu sem um gemido.

Tony apanhou o celular. Não era uma arma, era um celular mesmo, dos antigos. Cipriano morrera por equívoco. Mas Tony não admitiria seu erro. O culpado de tudo era o próprio Cipriano. Que história era aquela de, subitamente, falar ao celular? Bem que ele podia ter recorrido a outro método para avisar seus homens. Pombo-correio, por exemplo. Mesmo porque o pombo, como se sabe, é o símbolo da paz.

Lágrimas da cebola & outras lágrimas

Cientistas da Nova Zelândia e do Japão criaram uma cebola "antilágrimas". Eles anularam, no vegetal, a ação do gene responsável pela enzima que causa o lacrimejamento. Um dos diretores da pesquisa, Colin Eady, disse que a descoberta pode acabar com um dos maiores "problemas" da cozinha: o fato de que cortar uma simples cebola nos faz chorar. (01/02/2008)

De uma coisa Aracy sempre teve certeza: cozinha e tristeza governavam sua vida. À cozinha estava destinada desde muito criança: de família pobre, não conseguira completar os estudos. A mãe, doente, não podia tomar conta da casa, e o pai decidiu que ela, a filha mais velha, assumiria essa função. E aí era aquela rotina: acordar às cinco da manhã, preparar o café para o pai e os irmãos, antes que ele saíssem para o trabalho na roça, depois limpar a casa, lavar a roupa, dar comida para a mãe. À noite estava tão cansada que, depois de lavar os pratos do jantar, caía na cama direto. Será que minha vida vai ser só isso?, perguntava-se, angustiada. Temia que sim: moça pobre, feia, sequer sonhava com um namorado, mesmo porque nunca tinha tempo para namorar. E quando pensava no triste futuro que a esperava tinha vontade de chorar.

Só que não poderia chorar. O pai, os irmãos não admitiriam isso, essa demonstração de fraqueza. Da única vez em que ela prorrompeu em prantos, enquanto servia o jantar, eles ficaram irritados: o que é isso, Aracy, chorar não adianta nada, chorar não melhora as coisas, faz como a gente e aguenta firme.

Desde então ela se proibira de chorar. Mas descobriu que, pelo menos, poderia verter lágrimas.

Descascando cebolas.

Cebola não faltava no sítio: o pai e os irmãos gostavam muito, tinham até uma pequena plantação do vegetal. De modo que, quando Aracy sentia-se triste, tudo o que tinha a fazer era preparar uma salada de cebolas. As lágrimas corriam-lhe livremente pelo rosto, mas não se preocupava sequer em enxugá-las; se o pai ou um irmão lhe perguntava a respeito, tudo o que tinha de fazer era incriminar a cebola: essa coisa faz a gente chorar.

O tempo passou. Os pais faleceram, os irmãos seguiram cada qual o seu caminho, e Aracy acabou casando com o carteiro da região. Era um bom homem, muito gentil; viviam bem e tiveram três filhos, mas a vontade de chorar continuava perseguindo Aracy. Era como se a tristeza a tivesse impregnado, passando a fazer parte do seu modo de ser. O marido não se irritava por vê-la chorando; mas ficava tão triste, e Aracy gostava tanto dele, que logo voltou às cebolas. O marido e os filhos nem gostavam muito de cebola, mas comiam para agradar à mãe. Afinal, se ela derramava copiosas lágrimas preparando a salada, eles tinham de mostrar que o sacrifício valia a pena.

Recentemente Aracy ficou sabendo que cientistas – esses cientistas, sempre inventando coisas – haviam descoberto uma cebola que não faz chorar. E essa notícia a deixou triste, tão triste que teve de correr para a cozinha e descascar uma cebola (daquelas antigas e boas cebolas) para chorar um pouco. Mas a pergunta agora não sai de sua cabeça: como chorar quando as cebolas não provocarem mais lágrimas?

Conquistas culinárias

*H*omem "pilota fogão" para seduzir mulheres. Os chamados gastrossexuais formam o que uma pesquisa britânica apontou como "homens bem resolvidos que têm como hobby fazer pratos elaborados". A pesquisa do instituto britânico Future Foundation, feita com cerca de mil homens no Reino Unido, mostra que 48% dos entrevistados dizem que cozinhar os torna mais atraentes para as mulheres. A explicação para isso, segundo Carmita Abdo, coordenadora do Projeto Sexualidade do Instituto de Psiquiatria do Hospital das Clínicas de São Paulo, não está ligada somente ao aspecto gastronômico. "O homem que cozinha passa uma imagem de ser menos machista, menos ligado aos valores tradicionais, menos preconceituoso, mais carinhoso e mais atento às novas tendências", afirma. "A sedução ocorre por ele ser uma pessoa agradável, porque serve, dá um presente, oferece algo que ele próprio elaborou." (12/10/2008)

Durante meses Jorge tentou conquistar Aline. A bela advogada, sua colega de trabalho, recusava todos os convites – para jantar, para ir ao teatro muitas vezes com um sorriso de desprezo. Aquilo estava deixando Jorge desesperado. Boa-pinta, galante, nunca tinha passado por um vexame assim. E já estava a ponto de desistir quando, depois de uma reunião de trabalho, Aline fez um comentário que se revelou verdadeiramente inspirador. "Adoro homens que cozinham", ela disse.

De imediato um plano se esboçou na mente de Jorge. Não, ele não cozinhava, não era do tipo conhecido como gastrossexual; na verdade, nem tinha muito interesse por culinária. Mas faria qualquer coisa para se aproximar de Aline. Naquele mesmo dia foi em busca de um curso de culinária. Ao professor, pediu um curso intensivo: explicou que se tratava de uma necessidade urgente (e era mesmo urgente). Precisava aprender a preparar um prato, um único prato que fosse, mas bem sofisticado. O professor pensou um pouco e sugeriu filé de namorado com molho de pistache. Namorado? Melhor que isso, só um prato afrodisíaco. Jorge topou em seguida.

Seguiram-se as aulas – várias, porque ele não sabia sequer como acender o fogão. Mas era um homem inteligente, aprendia rápido, e ao cabo de três dias o professor declarou que já podia tentar sua aventura culinária. Sem demora Jorge convidou Aline, e a ocasião não poderia ser mais propícia: ela faria aniversário daí a dois dias. A advogada aceitou, encantada.

Jorge esperou-a, em seu elegante apartamento, de avental, e sem demora começou a preparar o prato.

Foi um desastre. Ele até conseguiu terminar a difícil operação, mas o peixe ficou muito ruim. A decepção dele era mais que visível, tão visível que Aline acabou rindo: tudo bem, Jorge, você tentou, agora deixe isso, e vamos para a cama.

Foram. Mal tinham entrado no quarto, porém, ele se deu conta de um erro que tinha cometido na receita. Pediu licença, voltou à cozinha, acrescentou os ingredientes que faltavam – e uma hora depois o peixe estava pronto. Radiante, ele ia anunciar à moça que agora podiam jantar – mas ela, claro, já fora embora.

Ele comeu sozinho o peixe. E concluiu que não estava de todo ruim. Algum futuro na culinária ele tinha.

Esperando o Homem-Aranha

O alpinista francês Alain Robert, 45, conhecido como o Homem-Aranha, conseguiu driblar a segurança do edifício Itália, na República, centro de São Paulo, e escalar o prédio pelo lado de fora. Robert, que já subiu nos cinco edifícios mais altos do mundo, já havia sido detido tentando fazer a escalada do edifício, que tem 151 metros de altura. Desta vez acabou na delegacia e teve o passaporte apreendido. Quando foi preso, segundo a PM, uma multidão gritava para que ele fosse solto. (28/02/2008)

Que o pai era autoritário, isso ela sabia desde a infância. De família tradicional, implacável disciplinador (os empregados da empresa que administrava temiam-no, não ousavam levantar a voz em sua presença), submetera a filha única a rígidas regras de conduta. Que ela, no entanto, não aceitava: era uma adolescente rebelde, desafiava abertamente, e altivamente, a autoridade paterna. Tingia os cabelos de roxo, usava roupas grotescas, voltava para casa de madrugada; aí era briga atrás de briga. O clímax do conflito ocorreu quando tentou fugir com o namorado. O pai foi buscá-la na casa de praia em que o casalzinho havia se refugiado. E anunciou: dali por diante seria linha dura.

E foi, mesmo, linha dura. Linha dura, não; duríssima. Todas as proibições anteriores vigoravam, mais uma, que ele fez questão de salientar: a partir daquele momento a garota simplesmente não poderia mais sair de casa. Teria de ficar trancada em seu quarto, no luxuoso apartamento em que viviam, no centro da cidade. A mãe, tradicional mediadora de conflitos, tentou intervir, mas sem resultado. A garota ficou presa mesmo. Claro, com todo o conforto; tinha som, tinha tevê, tinha computador, tinha DVD. A empregada trazia-lhe refeições e ficava à sua disposição. Mas ela não podia sair do quarto. A reclusão era por período indeterminado.

E ali ficou ela. Olhava pela janela daquele décimo andar e via, na avenida lá embaixo, rapazes e moças passando, abraçados, conversando, rindo. O que fazer? Gritar por socorro? De nada adiantaria. Afinal, se o carcereiro era o próprio pai, quem poderia libertá-la?

Foi então que leu a notícia sobre o chamado Homem--Aranha, aquele francês que, para surpresa e entusiasmo de muitas pessoas, acabara de escalar um prédio ali perto. Isso deu-lhe uma nova esperança; um tanto absurda, mas esperança, de qualquer maneira: a esperança de que o Homem-Aranha resolvesse escalar o prédio em que ela era prisioneira. E aí, quando ele passasse pela janela, ela gritaria, no seu ótimo francês (passara seis meses em Paris): *Au secour, Monsieur! Sauvez-moi!* Ele a salvaria, claro, e a levaria em seus fortes braços até o solo, onde seriam saudados com aplausos pela multidão. Talvez até um romance nascesse daí.

Bem, mas se isso acontecesse, a carreira dele estaria encerrada. Ela não poderia tolerar um namorado escalando prédios e olhando mulheres pela janela. De jeito nenhum. O Homem-Aranha pode ser poderoso e ágil, mas da implacável teia da Mulher-Aranha ninguém escapa.

ESPAÇO VITAL

*E*tiqueta no avião: quem tem direito ao braço da poltrona?
(03/01/2008)

Tão logo sentaram e afivelaram os cintos de segurança ele sentiu que o conflito começaria a qualquer momento. O conflito pelo braço da poltrona, bem entendido, este território que, ao menos na classe econômica (para a executiva ele não tinha grana), é obrigatoriamente comum. Como a mulher a seu lado, ele era corpulento; e o braço da poltrona, estreito, não acolheria os cotovelos de ambos. Breve estaria desencadeada a luta pelo espaço vital, talvez não tão sangrenta quanto a Segunda Guerra na Europa, mas mesmo assim encarniçada.

Ela tomou a iniciativa. Tão logo o avião decolou, e antes mesmo que a comissária anunciasse: "Nosso tempo de voo será de...", ela abriu o jornal. Um jornal grande, não um tabloide, não uma revista. Jornalão, com muita coisa para ler, editoriais, artigos, reportagens. E, o jornal aberto, ela naturalmente ancorou o cotovelo no braço da poltrona. Ancorou-o numa posição que não permitiria o ingresso ali de qualquer outro cotovelo.

Ele também tinha um jornal. Ele também era um leitor assíduo. Mas a verdade é que ela se antecipara na manobra, e agora qualquer tentativa dele no sentido de manifestar interesse nas notícias do país e do mundo não passaria de uma medíocre, e até vergonhosa, imitação. Portanto, um a zero para ela.

Mas ele não desistiria. Desistir? De maneira alguma. Como se diz no Sul: "Não está morto quem peleia", e ele ainda tinha muito a pelear. Agora, porém, adotaria uma tática diversa. Uma falsa retirada, destinada a dar à dona do poderoso cotovelo uma ilusória sensação de definitiva vitória. Inclinou a poltrona, bocejou, fechou os olhos e fingiu dormir. Mas, por entre as pálpebras semicerradas, observava-a. Aparentemente ela continuava absorvida na leitura. Ele resolveu tentar um ataque sub-reptício, tipo atentado terrorista. Como se fosse um movimento automático, colocou o cotovelo sobre o braço da poltrona. Torceu para que a aeronave entrasse numa área de turbulência, o que acabou acontecendo. No primeiro solavanco o cotovelo dele empurrou, como que por acidente, o cotovelo dela para fora. E ali ficou triunfante, como aqueles soldados que, na batalha de Iwo Jima, desfraldaram a bandeira americana.

Ela continuava lendo o jornal. Mas ele sabia que, no fundo, ela estava remoendo a raiva e planejando a vingança. Que planejasse. Ele não entregaria jamais a sua conquista.

E aí o problema, o inesperado problema. De repente sentiu vontade de urinar. Muita vontade de urinar. Que fazer? Se levantasse, perderia o braço da poltrona e nunca mais o recuperaria. Durante longos minutos debateu-se em dúvida cruel. E aí, misericordiosamente, o comandante anunciou que estavam pousando.

Ela fechou o jornal, voltou-se para ele:

– Você sabe que dia é hoje?

Ele não sabia. Ela sorriu, como mãe diante de filho travesso, e revelou: era o aniversário de casamento de ambos. Trinta e cinco anos de matrimônio. Trinta e cinco anos partilhando sonhos, angústias, o cuidado dos filhos. E ah, sim, braços de poltrona em aviões.

CUECA-COFRE

*R*éu *do mensalão é preso com 361 mil euros em Guarulhos. A Polícia Federal e a Receita flagraram o empresário Enivaldo Quadrado, 43, tentando entrar no Brasil pelo aeroporto de Cumbica, com mais de 361 mil euros não declarados na madrugada de sábado. Quadrado é um dos 40 réus do mensalão. Os policiais descobriram que ele tinha maços de dinheiro vivo dentro da cueca.* (09/12/2008)

Polícia Rodoviária Federal prende suspeitos de furto com dinheiro na cueca. (24/01/2007)

José Adalberto Vieira, assessor do deputado estadual cearense José Nobre Guimarães (PT), foi preso no aeroporto de Congonhas portando US$ 100 mil na cueca. (09/07/2005)

Durante muito tempo Severino alimentou o sonho de tornar-se um rico empresário – fabricando cuecas. Mas, tinha de reconhecer, dificilmente faria sucesso. Para começar seu estabelecimento era pequeno: ele próprio e mais três costureiras. Além disso, as cuecas de Severino nada tinham de excepcional, não tinham a fama de uma Zorba, embora ele se orgulhasse muito do modelo chamado "Poético", que tinha estampados versinhos eróticos, escritos pelo próprio Severino. "Você é fraco como fabricante e muito fraco como poeta", disse-lhe, com a maior sinceridade, um amigo. E acrescentou: "Mude de ramo, meu caro. As cuecas não querem nada com você".

E Severino estava mesmo pensando em mudar de ramo quando – obra do destino – o empresário Quadrado foi preso em Guarulhos com euros na cueca. Aquilo foi uma revelação. De repente ele se dava conta de que cuecas podiam ter outro uso além de divulgar a poesia (má poesia). Cuecas podiam servir como depósito de dinheiro. Não da maneira como vinha sendo feito; simplesmentre esconder cédulas ali era uma tolice. Não, Severino pensava numa coisa mais sofisticada e segura: a cueca-cofre. Confeccionada com uma dupla camada de tecido metálico (flexível; diferente, portanto, dos rígidos cintos de castidade da Idade Média), a cueca conteria um espaço virtual suficiente para abrigar uma pequena fortuna em euros, dólares ou mesmo em reais. As duas camadas se fechariam mediante uma espécie de fecho ecler, que – detalhe importante – funcionaria com um segredo só conhecido do dono.

Mas dinheiro na cueca, ou em cofre na cueca, como dinheiro sob o colchão, pode estar até relativamente seguro, mas tem um inconveniente: não rende, é má aplicação. Severino está pensando, portanto, em associar-se a algum banco, mesmo pequeno, que esteja disposto a considerar a cueca uma espécie de agência móvel, apta a receber depósitos e aplicá-los a juros de mercado. Obviamente isso terá de ser feito discretamente, sem propaganda na mídia, mas, como se sabe, muitas vezes o segredo é a alma do negócio.

Entusiasmado, Severino sente-se muito grato a todos aqueles que, em caráter pioneiro, usaram cuecas para ocultar grana. Mas, em primeiro lugar, agradece ao Adão da Bíblia. Ao cobrir as vergonhas com folhas, o primeiro homem estava criando a cueca. E fornecendo a mentes poéticas e inspiradas a ideia da cueca-cofre.

CONFISSÕES DO ANO-NOVO

Há 5.659 *chineses que se chamam "Ano-Novo" ("Yuandan", em mandarim), segundo as estatísticas do Ministério de Segurança Pública chinês. Deles, 1.735 nasceram exatamente no dia 1º de janeiro, data de aniversário de 5,54 milhões de moradores do gigante asiático, de acordo com as mesmas estatísticas, citadas pelo jornal* Beijing Evening News. (07/01/2008)

Chamo-me Ano-Novo. Não, não estou brincando, este é meu nome verdadeiro, Ano-Novo da Silva. Por que me chamo assim? Bem, meu pai, antigo comunista, sempre admirou a linha chinesa, e ficou encantado quando descobriu que na China Ano-Novo é um nome relativamente comum. Pouco depois eu nascia, e por coincidência exatamente no dia 1º de janeiro. Meu pai não hesitou: registrou-me como Ano-Novo. O homem do cartório ainda perguntou se aquele era o nome de fato ou se papai estava brincando. Meu pai ficou furioso, disse que a primeira coisa que o comunismo faria quando chegasse ao Brasil era acabar com os cartórios e insistiu: seu filho se chamaria Ano-Novo. O cara achou melhor não comprar aquela briga. Fez o registro, e Ano--Novo eu fiquei.

Se as pessoas não estranham esse nome? Claro que estranham. Todos os dias tenho de explicar a alguém por que me chamo assim. Nomes estranhos não faltam no Brasil, um país que tem o Agrícola Beterraba Areia, o Um Dois Três de Oliveira Quatro, o Eu Mesmo de Almeida; mas Ano-Novo, pelo jeito, bate todos os recordes. Não adianta a origem chinesa do nome, não adianta a China ser uma potência emergente, não adianta os produtos chineses estarem em toda parte. Eu sou o Ano-Novo brasileiro, não chinês. Na China o nome é comum. Aqui é exceção.

Tenho sonhos. Um dos meus sonhos é viajar para a China e lá encontrar os meus companheiros de nome, os Ano-Novo chineses, os Yuandan, como se diz em mandarim. Atualmente eles são mais de 5 mil. Mais de 5 mil, já imaginaram? E já imaginaram a festa que vão fazer quando receberem o colega de nome, o Ano-Novo brasileiro? Mas não vamos ficar só na festa, não. Vamos partir para ações concretas. Vou propor a eles que formemos o Grupo Ano-Novo. Vamos nos unir, vamos criar uma organização industrial e comercial, com sede na China, filial no Brasil e em todos os países onde houver alguém chamado Ano-Novo (e deve haver muita gente com esse nome pelo mundo afora). Vamos patentear nosso nome, vamos criar produtos chamados Ano-Novo: ursinho Ano-Novo, carrinho Ano-Novo, telefone Ano-Novo. E ai daqueles que nos piratearem.

O outro sonho é mais modesto. O outro sonho nem sequer exige que eu saia do Brasil. Tenho a esperança de encontrar aqui, neste país em que, como eu disse, não faltam nomes estranhos, alguém chamado Ano Velho. Ano Velho Pereira, por exemplo. Deste Ano Velho eu debocharei à vontade. Todas as brincadeiras sem graça que fizeram comigo eu farei com ele. Porque este consolo eu tenho: mesmo envelhecendo, mesmo ficando um ancião gagá, continuarei sendo o Ano-Novo. Cheio de esperanças, cheio de promessas de coisas boas. Feliz Ano-Novo, digo a mim próprio. Acreditem ou não, eu até que sou feliz.

CARA DE VELHO, CABEÇA DE VELHO

Rugas podem ser decisivas para comprar cigarro no Japão. Máquinas que vendem cigarros no Japão podem começar em breve a contar as rugas para verificar se quem está comprando tem idade suficiente para fumar. A idade legal para fumantes no Japão é de vinte anos. (19/05/2008)

Quando ficou sabendo que as máquinas de vender cigarros seriam equipadas com um dispositivo capaz de avaliar a idade do comprador pelas rugas do rosto, ele ficou irritado e preocupado. Irritado porque, apesar de ter apenas treze anos, era um fumante inveterado, consumindo pelo menos uma carteira por dia, e não admitia que alguém tentasse impedi-lo de fazer isso. Várias vezes a mãe, viúva (o pai falecera quando ele era ainda criança), pedira que o filho deixasse de fumar; sempre respondia com impropérios. Sou dono do meu nariz, gritava, pouco me importa se o fumo faz mal ou não, eu quero fumar e vou continuar fumando. O problema, portanto, não era a mãe. O problema era a máquina. Com a mãe podia gritar, a mãe podia ser intimidada; a máquina não. Se a implacável lente mirando seu rosto transmitisse para o computador uma imagem incompatível com o rosto de um adulto, ele estaria simplesmente ferrado. A máquina era o lugar onde sempre comprava, porque em outros lugares jamais lhe venderiam o produto. Só havia uma coisa a fazer: arranjar cara de velho (velho, para ele, era qualquer pessoa com mais de vinte anos). Mas de que maneira? Menino inteligente, várias possibilidades lhe ocorreram. A primeira: usar, diante da máquina, uma máscara de velho, dessas que são vendidas em lojas de disfarces. Mas isso seria um problema. Se, diante da máquina, colocasse a máscara, não faltaria alguém para denunciar a fraude aos responsáveis, o que seria no mínimo um aborrecimento.

Outra possibilidade: maquiagem. Tinha uma vizinha que era maquiadora profissional, poderia lhe pedir que o transformasse num ancião, ou pelo menos num adulto capaz de comprar cigarros. Mas isso exigiria que a procurasse periodicamente. A moça acabaria cansando dessa história. Além disso, a ideia de andar maquiado pela rua não lhe agradava.

Só restava uma alternativa: ficar mesmo com cara de velho. Sabia que rugas aparecem com o tempo, com as preocupações, com o sofrimento. Mas poderia acelerar esse processo, mediante esforço pessoal. E foi o que fez: todos os dias ficava na frente do espelho, franzindo a testa, contraindo a face, tudo para produzir rugas. E rugas começaram mesmo a surgir, ou pelo menos assim ele o achava.

Mas ao mesmo tempo uma estranha mudança começou a ocorrer. Ele agora se sentia velho, olhava o mundo com olhos de velho, e de velho rabugento. Já não podia suportar garotos barulhentos, garotos desaforados, garotos que não respeitavam pessoas de idade. A todo instante repreendia seus amigos, para espanto deles – e para espanto dele próprio. Meu Deus, pensava, não é que as rugas estão mesmo me envelhecendo?

Só havia uma solução: parar de fumar. Foi o que fez. As rugas sumiram. Uma tossezinha seca que o incomodava sumiu. Não briga mais com a mãe. E aguarda com tranquilidade o dia em que se transformará num velho, enrugado, mas contente consigo próprio.

Voz interior

Candidato é preso por fraudar exame da OAB. Ele é acusado de tentativa de estelionato por fazer o teste munido de uma suposta escuta eletrônica – aparelho que teria engolido ao ser descoberto. Um exame de raios X constatou a existência de um instrumento metálico de cerca de 2 cm em seu estômago. Na delegacia o acusado afirmou ter pagado R$ 15 mil a um grupo que lhe daria as respostas corretas e que pagaria outros R$ 15 mil posteriormente. (22/09/2004)

Ainda na prisão ele recebeu um telefonema de alguém cuja voz ele reconheceu e que de imediato o deixou inquieto.

– Estou ligando por causa dos R$ 15 mil.

– Quais R$ 15 mil?

– Não se faça de bobo. Você sabe. São os R$ 15 mil que estão faltando para completar o nosso negócio.

Ele quis argumentar que, a rigor, o negócio não tinha sido concluído, mas o outro não quis saber. Não se atreva a nos passar o calote, advertiu.

– Mesmo porque, segundo o jornal, você está com o receptor na barriga. E nós temos o transmissor. Ficaremos falando pelo transmissor dia e noite, até você pagar.

Aquilo o irritou: façam o que vocês quiserem, gritou, o meu dinheiro vocês não verão. A verdade, porém, é que estava inquieto. Naquela mesma noite acordou com uma sensação estranha: ruídos estavam sendo produzidos em seu ventre. O que seria aquilo? Gases? Ou estaria o grupo cumprindo a ameaça, e irradiando impropérios diretamente para suas vísceras, estas sendo, como se sabe, a parte mais primitiva e portanto mais autêntica do corpo?

Não tinha como descobrir. Aplicar o ouvido à própria barriga era coisa que ele não conseguiria fazer, a menos que fosse contorcionista. Um estetoscópio resolveria o problema, mas não dispunha de tal instrumento, e mesmo que conseguisse um não saberia como usá-lo.

Nas noites seguintes o episódio se repetiu. Angustiado, ele se deu conta da ironia da situação. Assim, pensou, deve funcionar a famosa voz da consciência; mas nunca poderia imaginar que essa voz, graças à tecnologia, pudesse ser imitada pela transgressão.

É um castigo que agora reconhece merecido, mas que gostaria de ver terminado. Nesse sentido, há duas coisas em que pode ter esperança: a primeira, de que o receptor, atacado pelos sucos digestivos, pare de funcionar (pouco provável porque o equipamento, segundo o grupo que o fornecera, é da melhor qualidade). A outra possibilidade de solução é simplesmente evacuar o receptor. Nesse sentido, deveria confiar na natureza, mas desde que foi detido está sofrendo de uma prisão de ventre rebelde a qualquer laxativo. O que não o surpreende. Sempre soube que não se pode confiar num intestino, ainda mais num intestino preguiçoso e safado.

VISTA PANORÂMICA

Um edifício em que os apartamentos giram individualmente 360 graus, e oferecem vistas panorâmicas diferentes, chama a atenção em Curitiba. (19/12/2004)

Quando completaram dez anos de casados deram-se conta de que sua vida tinha se transformado numa insípida rotina. Aparentemente já nada mais podiam descobrir um em relação ao outro; tudo era previsível, tudo era habitual. Inclusive, e principalmente, o apartamento em que moravam – de luxo, mas inteiramente convencional. Um dia a mulher criou coragem e queixou-se: esse nosso casamento é uma chatice, temos de mudar de vida.

Mudar de vida, para ele, significava divórcio. Mas isso não ousou propor. Mesmo porque estava num momento muito complicado, com dificuldades na empresa. Não, mudança, se houvesse, teria de ser feita de outra maneira.

Foi então que viu o anúncio do apartamento giratório. E se entusiasmou: um apartamento que girava 360 graus, que a todo instante oferecia uma nova vista, aquilo, sim, era renovação. Mais: os amigos morreriam de inveja.

Foi falar com o incorporador. O preço do imóvel era alto, mas não hesitou: fechou negócio na hora. Telefonou para casa: mulher, chegou a hora da mudança, e de uma mudança radical. De início ela achou a ideia esquisita, absurda, mesmo; depois concluiu que o novo apartamento poderia, sim, ser uma grande mudança no estilo de vida deles.

Esta expectativa se confirmou. Muitas vezes ficavam deitados, na suíte do casal, de onde se tinha a melhor vista, vendo a cidade desfilar lentamente diante deles. Aquilo, por alguma obscura razão, funcionava como afrodisíaco, e eles voltaram a fazer amor com a mesma paixão dos antigos tempos.

A renovação, contudo, não durou muito. Logo ela estava se queixando dessa nova rotina: é uma chateação, essa história de apartamento girando. Resolveu fazer uma viagem para a Europa. Ele ficou sozinho. O que não o aborrecia; diferentemente dela, gostava de observar a paisagem, os prédios ao redor, e sobretudo as pessoas da vizinhança, contando para isso com um potente binóculo.

Foi assim que descobriu a moça ruiva. Ela morava num pequeno apartamento que só entrava no seu campo de visão por volta das dez da noite. O que era ideal; muitas vezes a via despir-se, e ficava maravilhado com seu corpo perfeito.

Quando a mulher voltou, encontrou o apartamento vazio, e um bilhete dele, dizendo que dava por encerrado o casamento. O que não deixava de ser irônico; durante a viagem, ela descobrira que, apesar de tudo, gostava do apartamento giratório. Onde continua morando – sozinha, naturalmente.

Do prédio em que vive com a moça ruiva, ele às vezes olha o seu antigo apartamento. Que, apesar de tudo, continua girando. Como o mundo, que, como se sabe, dá muitas voltas.

Troca-troca na internet

*U*m rapaz de 24 anos tentou vender sua alma em um site de leilões da China. O chinês contou que o lance inicial por sua alma era de US$ 1,23. Os responsáveis pelo site deletaram o anúncio assim que a notícia ganhou repercussão na imprensa. Ainda assim, o site registrou 58 ofertas, sendo que a mais alta era de US$ 84. "Nós retiramos o anúncio porque achamos que almas não podem ser vendidas", explicou o porta-voz do site. (05/04/2006)

Um internauta britânico colocou a sogra à venda em um site de leilões, por apenas 1 libra [cerca de US$ 1,75]. Steve Owen, 42, fez a oferta na seção "artigos de coleção e coisas estranhas". Caroline Allen, 50 anos, é descrita como "boa com animais e para cozinhar" e "inativa desde 1980". Steve explicou seu gesto como uma reação à crescente interferência da sogra em sua vida particular. Caroline não se abalou com o anúncio do genro, e disse que não pretende mudar de comportamento: "Ele é um desocupado, e não deixarei nunca de atormentá-lo, porque senão ele não mudará". (07/04/2006)

"Caro amigo chinês, caro Steve Owen: vocês não me conhecem, portanto vou me apresentar. Sou brasileiro, tenho trinta anos e trabalho, ou tento trabalhar, como negociador profissional, promovendo fusões e associações entre pessoas e empresas. Devo dizer-lhes que até agora não tive muito êxito, mas lendo os anúncios que vocês divulgaram através da internet tive uma ideia que é, modéstia à parte, brilhante. Sugiro que vocês façam uma troca: a alma de nosso amigo oriental (permita-me tratá-lo pelo pseudônimo de Chang) pela sogra do Steve. Convenhamos que é um bom negócio. O Steve pediu uma libra pela Caroline; o Chang teve ofertas entre US$ 1,23 e US$ 84. Não sei até que ponto o Steve acredita na existência da alma, mas, mesmo que não seja um crente, conseguirá seu objetivo, que é livrar-se da sogra. O que poderá representar a solução dos problemas do Chang. Em primeiro lugar ele já não estará vendendo nada, como argumentaram os responsáveis pelo site para barrar seu anúncio, ele estará fazendo uma troca. Uma troca, aliás, que poderá ser altamente vantajosa. Nada impede que a sogra chata de um inglês seja a adorável companheira de um jovem chinês; coisas assim já aconteceram muitas vezes e continuarão acontecendo. Estou seguro de que a Caroline completará o vazio da vida de Chang, que lhe dará alma nova. Você, Chang, fará melhor negócio que o Fausto de Goethe, que vendeu a alma ao Diabo e depois se arrependeu. Quanto a mim, bem, não precisam me pagar nada; a própria transação será a minha recompensa. Minha sogra, que sempre me censura por não sustentar a filha dela, terá de reconhecer o meu valor. Se aceitarem esta proposta, Chang e Steve, vocês estarão lavando minha alma. Alma lavada e sogra acalmada, vocês têm de reconhecer, é uma combinação muito boa."

Primeira classe

British Airways se desculpa por colocar cadáver na primeira classe. A morte de uma passageira idosa em um voo da British Airways entre Nova Déli e Londres forçou a equipe de bordo a conceder um inusitado upgrade *que irritou um passageiro da primeira classe e levou a companhia aérea a divulgar uma nota de desculpas. O passageiro contou que acordou no meio da noite com um cadáver no assento ao lado, que estava vago quando ele adormecera. Reclamou ainda de ter que aguentar os lamentos dos parentes da senhora, que passaram o resto da viagem velando o corpo. A senhora viajava na classe econômica, que estava lotada, quando morreu. Foi levada pela equipe de bordo para a primeira classe com o propósito de causar menor transtorno.* (26/03/2007)

Durante anos, o homem teve um sonho: queria viajar de avião na primeira classe. Na classe econômica ele, executivo de uma empresa multinacional, era um passageiro habitual; e, quando via a aeromoça fechar a cortina da primeira classe, quando ficava imaginando os belos pratos e as bebidas que lá serviam, mordia-se de inveja. Talvez por causa disso trabalhava incansavelmente; subiu na vida, chegou a um cargo de chefia que, entre outras coisas, dava-lhe direito à primeira classe nos voos.

E assim um dia ele embarcou de Nova Déli, onde acabara de concluir um importante negócio, para Londres. Seu lugar era na primeira classe: o sonho enfim realizado, e de maneira gloriosa. Tudo era exatamente como tinha imaginado: coquetéis de excelente qualidade, um jantar que em qualquer lugar seria considerado um banquete. Para cúmulo da sorte, o lugar a seu lado estava vazio.

Ou pelo menos estava no começo do voo. No meio da noite acordou, e, para sua surpresa, constatou que o lugar estava ocupado. No primeiro momento achou que se tratava de um intruso; mas logo em seguida deu-se conta de que algo anormal estava ocorrendo: várias pessoas estavam ali, no corredor, chorando e se lamentando. Explicável: a passageira a seu lado estava morta. A tripulação optara por colocá-la na primeira classe exatamente porque naquela parte do avião havia menos gente.

Sua primeira reação foi exigir que removessem imediatamente o cadáver. Mas não podia fazer uma coisa dessas; seria muita crueldade. Por outro lado, ter um corpo morto a seu lado horrorizava-o. Não havendo outros lugares vagos na primeira classe, só lhe restava uma alternativa: levantou--se e foi para a classe econômica, para o lugar que a morta até há pouco tinha ocupado. Ou seja: ao invés de um *upgrade*, ele tinha recebido, ainda que por acaso, um *downgrade*.

Ali ficou, sem poder dormir, claro. Porque, depois que se experimenta a primeira classe, nada mais serve. Finalmente o avião pousou, e ele, arrasado, dirigiu-se para a saída. Onde o esperavam os parentes da falecida – para agradecer-lhe. Disse um deles, que se identificou como filho da senhora: "Minha mãe sempre quis viajar de primeira classe. Só conseguiu depois de morta, e isto graças à sua compreensão. Deus recompensará".

Que tem seu lugar garantido no céu, isso ele sabe. Só espera chegar lá viajando de primeira classe. E sem óbitos durante o voo.

Torpedos

1. O torpedo no vestibular

A polícia do Rio de Janeiro prendeu quatro estudantes que tentavam fraudar o vestibular de medicina da Universidade Gama Filho. Uma quadrilha teria cobrado entre R$ 10 mil e R$ 15 mil pela transmissão do gabarito do exame por meio de mensagens de texto. (31/01/2006)

Apesar do fracasso dos quatro vestibulandos que haviam tentado fraudar a prova mediante mensagens pelo celular, ela decidiu fazer a mesma coisa. Em primeiro lugar, porque morava numa cidade muito menor que o Rio, na qual as medidas de segurança não eram tão rigorosas. Depois, não recorreria a quadrilha nenhuma, coisa que, segundo imaginava, tornava a operação vulnerável. Em terceiro lugar, não tinha outra opção: não sabia quase nada, e era certo que seria reprovada. Por último, havia uma coincidência favorável: estava com o antebraço esquerdo engessado. Nada preocupante, na verdade até poderia ter tirado o gesso, mas não o fizera, o que se revelara providencial: agora contava com um ótimo esconderijo para o celular.

Quem mandaria o gabarito? O namorado, claro. Rapaz inteligente (já estava cursando a faculdade), só teria de perguntar as questões para alguém que tivesse terminado a prova e enviar o gabarito por torpedo. Quando fez a proposta ao rapaz ele pareceu um tanto relutante, incomodado mesmo. E no dia do vestibular ela descobriu por quê. Quarenta minutos depois de iniciada a prova, ela recebeu o tão esperado torpedo. Para sua surpresa, não continha o gabarito, e sim uma mensagem: "Sinto muito, mas não posso continuar namorando uma pessoa tão desonesta. Considere terminada a nossa relação. PS: Boa sorte no vestibular". Com o que ela foi obrigada a concluir: tão importante quanto o torpedo é aquele que dispara o torpedo.

2. O TORPEDO NA LITERATURA

Escritor transforma torpedos em gênero literário. Depois de tentar em vão moderar a paixão de seus compatriotas pelos celulares, o escritor francês Phil Marso, 43, se rendeu a essa onda e decidiu propor que as mensagens enviadas por esses aparelhos virem um gênero literário. (30/01/2006)

Durante anos ele tentou, em vão, divulgar seus trabalhos literários. Procurou editoras, ofereceu-os a jornais e revistas. Nada. Ninguém queria saber de seus contos, e até aconselhavam-no a tentar outra coisa. Mas ele teimava. Tinha certeza de que um dia seria reconhecido como escritor, e baseava-se no exemplo de autores cujo talento não fora reconhecido em vida. Se pudesse, publicaria um livro por conta própria, vendendo-o depois em entradas de museus, de teatros. Mas, simples empregado de uma pequena loja, não tinha dinheiro para isso.

Foi então que leu sobre Phil Marso, o escritor francês que havia lançado a ficção como mensagem de celular. Aquilo deixou-o entusiasmado: era exatamente a solução que procurava. Seus contos – na verdade minicontos, alguns não passavam de uma frase – tinham o tamanho ideal para se transformarem em torpedos. E nada impedia que os leitores, entusiasmados, repassassem as mensagens literárias, que acabariam chegando a um grande crítico ou a um grande editor. Quando então o caminho do sucesso estaria aberto para ele, quem sabe até o Nobel de literatura.

Preparou cinco textos, que lhe pareciam os melhores. E aí chegou o grande dia, o dia em que o mundo tomaria conhecimento de seu talento. Apanhou o celular, respirou fundo...

Infelizmente, o aparelho estava sem bateria. Os torpedos não foram disparados. Foi dormir, convencido de que o Destino, e os celulares, não queriam que ele ganhasse o Nobel.

TEMPO DE LEMBRAR, TEMPO DE ESQUECER

Idosos são "esquecidos" pelas famílias e amigos em todos os tipos de unidades hospitalares e pelos mais diversos motivos – sociais, econômicos, familiares. (30/04/2006)

No começo era só uma fratura resultante de uma queda de bicicleta. Mas ao contrário do que os médicos esperavam, e ao contrário do que suas boas condições de saúde faziam supor – aos vinte e três anos era forte, robusto, não tinha doença alguma –, a situação foi se complicando, e lá pelas tantas ele precisou baixar no hospital para uma cirurgia. O que foi feito através do SUS; ajudante de pedreiro, ele não tinha condições para se internar de outra maneira.

    O hospital ficava num bairro da periferia. Era pequeno, mas razoavelmente aparelhado. Colocaram-no num quarto, junto com outros cinco pacientes, todos idosos. O paciente da cama ao lado da sua estava em coma – e, pelo jeito, há muito tempo. Ele ficou olhando para o homem, que, por alguma razão, o perturbava. Quem identificou a causa de sua perturbação foi a atendente que estava de plantão naquela noite. Você é parecidíssimo com este velho, comentou ela. A expressão "este velho" não era depreciativa; como a própria atendente explicou, ninguém sabia quem era o homem. Ele tinha sido abandonado na porta do hospital anos antes. Não sabia dizer quem era, de onde viera; "Desconhecido número 31" era a identidade que figurava no prontuário. Por causa de suas precárias condições, fora ficando, e agora estava em fase terminal.

A história impressionou profundamente o rapaz. Sobretudo por causa de uma lembrança que, desde criança, o intrigava. Ele sabia que tinha um avô vivo (o outro avô e as avós haviam falecido). Mas nunca vira esse homem, não sabia nem que jeito tinha. Cada vez que perguntava aos pais, eles desconversavam. Lá pelas tantas fora morar sozinho; os contatos com a família agora eram esporádicos, e o misterioso paradeiro do avô já não era assunto das conversas.

E se aquele homem fosse seu avô? Não era impossível. Os pais, pobres, mal conseguiam sustentar os filhos; arcar com a responsabilidade de cuidar do velho teria sido para eles carga pesada.

Com auxílio das muletas, aproximou-se da cama do ancião. "Vovô", murmurou baixinho, e deu-se conta de que pela primeira vez estava usando aquela palavra. Esperou uns minutos, chamou de novo: "Vovô". Teve a impressão de que o homem havia se mexido, de que um tênue sorriso se esboçara em seu rosto. Ia tentar mais uma vez, mas neste momento a atendente entrou, dizendo que estava na hora de dormir. Ele voltou para a cama. No dia seguinte os pais viriam visitá-lo e o mistério se esclareceria. O que fariam se tal acontecesse? Para isso, ele tinha uma resposta: se ofereceria para cuidar do recém-achado avô. Coisa difícil, mas daria um jeito. E, pensando nisso, adormeceu.

Quando acordou eram sete da manhã. A cama ao lado estava vazia. O velho morreu, disse um outro paciente, já levaram o corpo.

Pouco depois chegaram os pais. Traziam laranjas, traziam até uma barrinha de chocolate. Expressaram a certeza de que, naquele hospital, o filho iria melhorar.

O rapaz não disse nada. Não havia o que dizer. Como diz o Eclesiastes, há um tempo para lembrar, e um tempo para esquecer. Durante muito tempo ele lembrara o avô. Agora chegara o tempo de esquecer.

Sobre cartas e crateras

O que você salvaria se sua casa fosse desabar? Em situações emergenciais o paulistano geralmente tenta salvar documentos, dinheiro, joias, roupas e fotos. A vida é sempre o valor maior e sua manutenção, motivo de alívio. Diz Andreza de Souza, 23, cuja casa estava para desabar por causa da enxurrada: "Eu queria pegar umas calcinhas, mas fiquei com vergonha do funcionário da Defesa Civil que me acompanhava. Ele me deu dois minutos, e só tive tempo para apanhar minha escova de dentes, um edredom, duas calças jeans e uma blusa." (21/01/2007)

– O que é que você levaria, se tivesse de abandonar sua casa às pressas? – perguntou o rapaz à namorada, depois de ler-lhe a notícia.

Ela pensou um pouco.

– Acho que levaria a mesma coisa que a moça: escova de dentes, edredom, calças jeans, blusa... E calcinha: eu não teria vergonha do funcionário. Prefiro ficar sem a vergonha do que sem as calcinhas.

– Só isso? – disse ele. – Só isso você levaria?

Ela pensou um pouco:

– Não. Você tem razão, estas coisas são importantes, mas não suficientes. Eu pegaria meus documentos: a identidade, a carteira de trabalho... Pegaria também a única joia que tenho, aquele colar que mamãe me deixou. Seria o caso de apanhar alguma grana, claro, mas dinheiro você sabe que eu não tenho, mesmo porque estou desempregada.

Ele ficou algum tempo em silêncio, e aí voltou à carga. E desta vez sua voz soava estranha, hostil mesmo:

– É isso, então? É isso que você levaria, se a sua casa estivesse a ponto de desabar?

Ela se deu conta de que alguma coisa estava incomodando o namorado, alguma coisa séria. Já pressentindo um bate-boca, perguntou em que, afinal, ele estava pensando. O que ela deveria ter mencionado, que não mencionara? O que havia esquecido?

– As cartas – disse ele, e a irritação agora transparecia em seu tom de voz. – As cartas de amor que lhe escrevi.

Ela deu-se conta do erro que cometera: de fato, as cartas eram muito importantes para ele, sempre falava nelas. Mas também ela agora estava irritada, e disposta a partir para o confronto.

– Verdade, esqueci as cartas. Mas tenho de lhe dizer uma coisa: não sei onde estão essas cartas, simplesmente não sei. Você me conhece, sabe que sou desorganizada. Em dois minutos, não encontraria carta alguma. Provavelmente a casa desabaria, e eu morreria procurando. Você não havia de querer isso, certo? Você não quereria que eu morresse procurando essas suas cartas.

Ele agora estava pálido, pálido de ódio.

– Vou lhe dizer uma coisa – falou, por fim. – Se você não encontra minhas cartas, a razão é muito simples: você não me ama mais. E se você não me ama, a mim pouco importa o que iria lhe acontecer. Levantou-se, e foi embora. Ela ficou pensando: há muitas crateras na vida, mas poucas são tão profundas quanto aquela em que o amor cai, quando desaba. Era isso que ela precisava dizer ao namorado. E decidiu que, naquele dia mesmo, lhe escreveria uma carta dizendo que, apesar das tragédias, a vida continua, e que, mesmo no fundo das crateras da vida, sempre resta uma esperança.

Roda dos expostos

A "roda dos expostos" recebia bebês rejeitados até o final dos anos 40. Feitas de madeira, consistiam geralmente em um cilindro oco que girava em torno de seu próprio eixo e tinha uma portinha voltada para a rua. Sem ser identificada, a mãe deixava seu bebê e rodava o cilindro, o que fazia a porta ficar voltada para o interior do prédio, onde alguém recolhia a criança rejeitada. Em São Paulo, bastava a campainha soar no meio da noite para as freiras da Santa Casa terem a certeza de que mais uma criança acabava de ser deixada na "roda dos expostos". (02/02/2006)

Ele foi um dos últimos bebês colocados na roda dos expostos. Mas a vida compensou-o devidamente. Entregue a uma família de classe média alta, gente sensível e carinhosa, teve uma infância feliz, com os irmãos, com brinquedos, com livros. Estudou, entrou na universidade, formou-se em Medicina, tornou-se um neurocirurgião famoso, respeitado no país e no exterior. Os pais adotivos faleceram quando tinha quarenta anos. Pouco antes de morrer a mãe revelou-lhe a história da roda dos expostos.

Ele sabia-se adotado, e achava que tinha elaborado bem sua condição, mas a história abalou-o profundamente. Entrou em depressão, mas, depois de fazer psicoterapia, conseguiu aceitar a história. Mais que isso, encontrou uma maneira até certo ponto original de lidar com o trauma. Mandou construir uma roda dos expostos. Não é uma roda pequena, para bebês; é algo grande, onde ele, homem robusto, cabe facilmente. E a partir daí criou uma espécie de ritual.

Todos os anos, no dia de seu aniversário, a porta da luxuosa mansão em que mora é aberta e, no vão, os empregados colocam a grande roda dos expostos. Ele, vindo da rua, entra nela. A roda gira, uma campainha soa, e logo ele se vê dentro de sua casa, onde a família – uma grande família, esposa, filhos, filhas, netos – recebe-o entre abraços e exclamações de júbilo. Cantam o "parabéns a você", a roda é retirada e a festa tem início, agora com a presença de amigos e familiares.

Nos primeiros anos as pessoas achavam estranho esse costume. Depois, deram-se conta de que aquilo correspondia a uma necessidade emocional e aceitaram-no. Até o cumprimentam pela ideia, simbólica e generosa.

O que não lhe perguntam, e nem ele fala a respeito, é em que pensa no momento que a roda está girando, transportando-o do exterior para o interior, do abandono para o acolhimento. Dura poucos segundos, esse intervalo, e nem há tempo para refletir muito. Mas é então, certamente, que ele descobre os segredos de sua vida.

CONTRA A PIRATARIA

Dupla assalta joalheria e escolhe marcas de relógios para levar. Um dos ladrões abordou uma vendedora de uma joalheria que inspecionava a vitrine mostrando uma arma. Dentro da loja, outras vendedoras foram rendidas e obrigadas a recolher relógios da vitrine. Os assaltantes escolheram as marcas Breitling, Omega e Mont Blanc. (18/10/2005)

Os dois assaltantes, um alto e robusto, outro baixo e magrinho, eram experientes e organizados. Sabiam exatamente as marcas de relógio que queriam; coisa fina, nada de despertadores baratos. Examinavam cada relógio que era trazido da vitrine pelas vendedoras, antes de colocá-los numa valise. Lá pelas tantas surgiu um problema. Olhando um caríssimo relógio Breitling, o alto e robusto, que aparentemente era o chefe, teve uma súbita suspeição:

– Acho que este aqui é falso.

Mostrou ao colega, que ficou em dúvida: podia ser falso ou não. Na dúvida chamaram a vendedora chefe. Que ficou indignada:

– Falso, em nossa relojoaria? A loja mais famosa da cidade? Uma loja que está há trinta anos no ramo, que tem clientes famosos? Ora, façam-me o favor, amigos. Assalto, sim, ofensa não. Levem tudo, mas nos respeitem.

Os assaltantes não se deixaram impressionar pela retórica. Afinal, como disse o baixinho, a pirataria campeava. Se CDs são pirateados, por que não relógios, mercadoria mais valiosa e cobiçada? Queriam provas de que o Breitling era verdadeiro. A vendedora chefe pediu licença, foi até o escritório e voltou com um documento escrito em inglês.

– O que é isto? – perguntou um assaltante, intrigado.

– É um certificado de autenticidade. Acompanha o relógio.

Os dois miraram o papel com desconfiança. Não sabiam inglês; além disso, quem lhes garantia que o certificado de autenticidade era autêntico, e não uma falsificação? Resolveram convocar o dono da relojoaria para esclarecer a questão. A vendedora chefe resistiu o quanto pôde, mas, com um revólver encostado no crânio, não teve outro jeito: ligou para o dono, que aliás morava ali perto, pediu que viesse para atender "dois clientes muito importantes". Vinte minutos depois o homem chegava, esbaforido. Apesar da visível perturbação das vendedoras, não desconfiou de nada, mesmo porque os assaltantes, bem-vestidos, e com as armas agora ocultas, pareciam mesmo clientes, e clientes muito cordiais.

– Eu tenho este relógio Breitling – disse o alto – que estou pretendendo trocar. Queria sua valiosa opinião: é falso ou verdadeiro?

Para o dono da loja, um veterano no ramo, bastou um olhar:

– É falso – proclamou. Mostrou o relógio que tinha no pulso: – Este, sim, é verdadeiro.

Escusado dizer que os assaltantes levaram o Breitling do homem. E o fizeram com absoluta tranquilidade. Deve-se confiar na palavra de quem entende do assunto.

QUERO MEU PESO DE VOLTA

Justiça manda empresa indenizar funcionária chamada de "gordinha". Os juízes da 2ª Turma do Tribunal Regional do Trabalho da 2ª Região (São Paulo) condenaram uma empresa a pagar indenização de R$ 8.000 a uma empregada que o diretor chamou de "gordinha". (29/08/2005)

"Senhor juiz: estou entrando na Justiça porque li a notícia sobre a funcionária que foi indenizada porque o diretor da empresa chamou-a de gordinha. É que comigo aconteceu a mesma coisa, senhor juiz. Há cerca de dois anos fui contratada para trabalhar numa empresa aqui na capital. Parecia um bom emprego, e eu estava muito animada. Entreguei-me às minhas tarefas, que não eram poucas, com a melhor das boas vontades. Devo dizer que sempre fui uma funcionária dedicada e nessa empresa pretendia ser mais dedicada ainda.

Infelizmente, senhor juiz, meu propósito foi frustrado. E foi frustrado por ninguém menos que o diretor da empresa, a pessoa que supostamente deveria me dar apoio. Lá pelas tantas ele começou a me chamar de 'gordinha'. Sei, este é um termo comum, e pode ser até carinhoso; aliás, já tive um namorado que só me chamava assim. Mas no caso desse diretor era diferente. Ele queria me ofender. Fazia comparações: dizia que eu era gorda como uma baleia, gorda como uma elefanta. Que no ônibus eu deveria ser um transtorno para a pessoa sentada a meu lado. E que se eu continuasse engordando acabaria pesando uma tonelada.

Senhor juiz, devo lhe dizer que reconheço: sou gordinha mesmo. Tenho um metro e sessenta e peso setenta e oito quilos. Mas sempre fui gordinha. Desde criança. Na minha família – pai, mãe, cinco irmãos – todos eram magros. A única rechonchuda era eu. Eles me adoravam por causa disso. Todos me chamavam de 'minha fofinha'. Eu me sentia orgulhosa, eu me sentia amada. Por isso, nunca dei importância quando outras pessoas chamavam a atenção para meu peso.

Mas diretor é diretor, senhor juiz. Diretor tem autoridade. Tanto aquele homem falou que acabou me incomodando. Já não podia me concentrar no trabalho, saía-me mal nas tarefas que ele me delegava. As brigas entre nós aumentaram, e acabei pedindo demissão. Agora vejo que fui precipitada, senhor juiz. Deveria ter feito como a moça da notícia. Deveria ter entrado na justiça e pedido uma indenização.

Porque aquele homem me prejudicou, senhor juiz. Aquele homem me prejudicou muito.

Desde que saí da empresa simplesmente perdi o apetite. Eu, que antes devorava um generoso prato de macarronada com a maior facilidade, agora tenho de fazer força para engolir um simples chá com torradas. Estou perdendo peso rapidamente e já sou considerada magra pelas minhas amigas. Uma delas até acha que eu estou sofrendo de anorexia nervosa. Se continuar assim, vou virar um palito. E isso não é justo, senhor juiz. Eu sofri uma perda tanto na minha autoestima quanto na minha autoimagem. Por isso estou acionando a empresa, senhor juiz, porque quero meu peso de volta. Ou então quero uma indenização. E que deve ser, se o senhor me permite a sugestão, proporcional à perda que tive: tantos quilos, tantos reais. Espero que meus argumentos pesem na balança da Justiça."

PASSE DE MÁGICA

Mágicos fazem congresso para aprender novos truques. Evento de cinco dias em Barueri (SP) teve mercado de mágica e conferências com ilusionistas internacionais. (03/11/2004)

O congresso ultrapassou as melhores expectativas dos organizadores. Não apenas o número de participantes era muito grande, como também a qualidade dos truques apresentados por mestres internacionais revelou-se soberba. Além disso, o clima era de amável convivência, mesmo porque ali todos mais ou menos se conheciam. Estavam hospedados em um único hotel e, durante as refeições, o papo fluía animado, todos trocando ideias sobre mágica e ilusionismo.

No terceiro dia apareceu um desconhecido. Era um homem de meia-idade, simpático, elegantemente vestido, falando português com um forte mas indefinido sotaque. Apresentava-se como o Grande Astor e dizia ter sido convidado para apresentar um original número de mágica, exibindo inclusive a cópia do e-mail que teria recebido. Ninguém na comissão organizadora lembrava-se desse e-mail; a verdade, porém, é que os preparativos haviam sido apressados e confusos, e o convite bem poderia ter sido expedido por iniciativa de alguém. De qualquer modo, seria uma descortesia mandar embora o Grande Astor, que, ademais, parecia de fato um experiente ilusionista. Seu número passou a ser aguardado com certa expectativa, e foi apresentado no encerramento do congresso.

No pequeno palco da sala de espetáculos havia uma vistosa caixa de madeira. O Grande Astor pediu que o colocassem ali, que fechassem a tampa com cadeados e que depois de trinta segundos a abrissem. Isto foi feito: não havia ninguém na caixa, claro. Os mágicos aguardaram que o Grande Astor aparecesse para explicar o truque, mas ele tinha mesmo sumido. Número notável, todos reconheciam, mas, ao mesmo tempo, inquietante.

Quando voltaram para o hotel tiveram outra, e desagradável, surpresa. Objetos tinham desaparecido, como por encanto, de todos os apartamentos: celulares, laptops, relógios, sem falar em joias e dinheiro. E o gerente estava transtornado: sua mulher, uma bela e sensual morena, também sumira.

Ficou claro por que o Grande Astor não reaparecera para receber o troféu Mandraque, a que fazia jus por ter apresentado o melhor número do evento; ele, por assim dizer, simplificara as coisas, como se constatou ao abrir o armário onde ficava a bela estatueta. Ela tinha sumido. Como por passe de mágica, diriam vocês? Pois é. Como por passe de mágica.

Parada obrigatória

Mil lugares para conhecer antes de morrer *é um* best-seller *mundial da americana Patricia Schulz*. (23/04/2006)

Tão logo ele tomou conhecimento dos mil lugares imperdíveis no mundo decidiu: seria o primeiro brasileiro a conhecê-los todos. Homem muito rico, recursos para isso não lhe faltariam. Pretendia, inclusive, realizar esse périplo em tempo recorde, em primeiro lugar para dar à façanha ainda maior destaque e depois porque, pela idade, já não podia fazer planos a longo prazo. Assim, tudo o que faria seria entrar nos lugares mencionados na obra, tirar uma foto e seguir adiante.

Consultou um amigo, dono de uma grande agência de turismo. Sim, era possível fazer aquilo em um ano, desde que ele alugasse um jatinho particular. O que sem demora foi feito, e assim partiu, disposto a visitar pelo menos três lugares por dia. Era difícil, mas ele o conseguiu, e assim pouco a pouco foi riscando os lugares de sua lista.

Deixou o Brasil para o fim. Em nosso país eram cerca de vinte lugares, a maioria deles em São Paulo, cidade onde nascera e onde morava. Os amigos esperavam que ali se encerrasse a gloriosa trajetória, mas seus planos eram diferentes. Queria terminar com o Copacabana Palace, no Rio.

Havia uma razão para isso, uma razão muito especial. Anos antes ele se apaixonara por uma mulher, uma jovem e linda carioca. Paixão tão fulminante, tão avassaladora, que decidira largar tudo, esposa, filhos, empresas e viver com a moça no Rio. Para tanto, haviam marcado um encontro no Copacabana Palace.

Encontro ao qual ele não compareceu. Chegou a viajar para o Rio, e, no aeroporto, tomou um táxi para ir ao famoso hotel, mas no meio do caminho desistiu: não, não abandonaria tudo que havia conquistado por causa de uma aventura amorosa. Retornou a São Paulo sem ir ao Copacabana Palace, que aliás nem conhecia.

Agora, finalmente, adentraria o hotel. Não mais para uma aventura, mas para gozar seus quinze minutos de fama. Seus assessores haviam avisado a imprensa, que lá estaria para registrar o clímax da aventura, a chegada ao último dos mil lugares.

Já era noite quando o jatinho pousou no aeroporto. Ele tomou um táxi. Nervoso: já estava atrasado. E, para cúmulo do azar, havia um congestionamento em Copacabana. Decidiu completar o trajeto a pé, apesar das advertências do motorista.

Já estava a uns duzentos metros do famoso prédio da Avenida Atlântica quando o assaltante lhe apontou o revólver. Ele fez um gesto – um gesto que queria dizer, leve tudo, mas não me retenha, tenho um encontro com o Destino –, mas foi mal interpretado: o homem achou que ele tentava reagir e disparou.

Caído no chão, agonizante, tinha apenas uma mágoa: havia um lugar, um único entre mil outros lugares, que ele não veria antes de morrer. O problema, concluiu antes de expirar, é que a gente não pode ter tudo o que se quer na vida.

PARA MAIS OU PARA MENOS

Nesta enquete eleitoral a margem de erro é de dois pontos percentuais para mais ou para menos. (23/10/2005)

O estatístico acordou e, como sempre o fazia, espiou pela janela. Céu nublado. Deveria levar o guarda-chuva? Com base em sua experiência pregressa avaliou a possibilidade de chuva em 38%, com uma margem de erro de dois pontos percentuais, para mais ou para menos. Decidiu não levar o guarda-chuva, mesmo porque já havia esquecido três ou quatro no escritório.

A mulher dormia ainda e ele decidiu não acordá-la; professora universitária, ela tinha ficado até a meia-noite corrigindo trabalhos. Merecia o descanso. E de repente uma pergunta lhe ocorreu: será que ainda se amavam? Qual era a possibilidade de que isso acontecesse depois de quinze anos, três meses e oito dias de casamento, depois de dois filhos, um com treze anos, seis meses e sete dias, outro com dez anos, dois meses e vinte dias? Poderia arriscar uma cifra, mas decidiu não fazê-lo, mesmo porque estava atrasado. Engoliu rapidamente o café (frio: cerca de 32 graus, concluiu, e não costumava errar: sua chance de acertar a temperatura dos líquidos era de cerca de 91%, com uma margem de erro de dois pontos percentuais para mais ou para menos). Desceu para a garagem do prédio e entrou no carro, um velho Gol. O motor não quis pegar, e por um momento ele temeu que o automóvel o deixasse na mão. Mas as chances de que isso acontecesse eram de apenas 12%, com uma margem de erro de dois pontos percentuais para mais ou para menos, e logo ele estava no trânsito, congestionado como sempre. Estimou a sua chance de chegar no horário em 72%, com uma margem de erro de dois pontos percentuais para mais ou para menos. De fato, às nove em ponto estava sentando à sua mesa.

Tinha várias pesquisas para examinar naquele dia. As chances de uma marca de sabão ser preferida em relação à outra, as chances de um candidato à presidência de empresa ser eleito em relação a outro. Um trabalho a que estava habituado e que em geral transcorria com facilidade; as chances de concluir a análise de uma pesquisa em duas horas e trinta e oito minutos eram de 83%, com uma margem de erro de dois pontos percentuais para mais ou para menos. O fato, porém, é que uma pergunta o atormentava: será que ainda amava a esposa? Na semana anterior a empresa havia admitido uma nova estatística, moça simpática e linda que fizera balançar o seu coração.

Naquele momento o telefone tocou. Era a mulher: só queria dizer que o amava. E ele, jubiloso, concluiu que também a amava. As chances eram de 100%. Com uma margem de erro de dois pontos percentuais para mais, só para mais.

O ÚLTIMO PASSO

*E*mpresa *só é aberta depois de 107 passos burocráticos a serem dados pelo empreendedor, incluindo detalhes como autenticação e xerox de documentos.* (07/11/2004)

Durante trinta anos Abílio trabalhou em uma fábrica de móveis. Não gostava do emprego, mas pelo menos tinha um salário garantido, com o qual podia sustentar a família – mulher e dois filhos – e economizar alguma coisa para a realização de seu sonho. Sim, Abílio tinha um sonho. Queria abrir sua própria fábrica – de móveis, naturalmente. Mas não móveis como aqueles que eram produzidos na gigantesca indústria, móveis padronizados, sem graça. Não, Abílio queria fazer móveis de vime. Trabalhar com vime era uma habilidade que havia aprendido com o pai; era uma tradição familiar que vinha de longo tempo. Para Abílio, uma poltrona verdadeira tinha de ser de vime. Um dia ainda terei minha própria empresa, dizia à mulher e aos filhos.

Esse dia finalmente chegou. Já adultos, os filhos podiam seguir seu próprio caminho: um era eletricista, o outro especialista em informática. A casa estava paga, Abílio não tinha dívidas. Podia, pois, pôr em prática seu projeto. Não foi sem certo receio que pediu sua demissão da fábrica; mas, aos 62 anos, não podia esperar mais. Como disse à mulher, naquele dia: é agora ou nunca. Então é agora, foi a resposta dela.

Aparentemente não seria difícil instalar a pequena indústria. Abílio já tinha o lugar para isso, uma velha casa não distante de onde morava. Não precisaria de muitas ferramentas, nem de empregados: um ou dois ajudantes resolveriam o problema.

Mas havia, sim, os aspectos legais, como lhe explicou um vizinho contabilista. Abílio teria de conseguir um alvará. Para isso, seriam necessários 107 passos. Ele não entendeu bem aquela história de passos. São providências que você precisa tomar, explicou o vizinho. Isso eu entendo, replicou Abílio, mas 107 passos? Para que tanto passo?

Discussão inútil; se era o que a lei exigia, era o que ele tinha de fazer. E assim ele começou a dar os passos necessários.

Não foi fácil. Abílio não estava acostumado com a burocracia. Tudo lhe parecia complicado, tão complicado que lá pelo quadragésimo passo ele pensou em desistir. Só não o fez porque a esposa estava a seu lado, animando-o, dando-lhe força.

Finalmente, a lista dos 107 passos chegou ao fim. Faltava o último passo que era, justamente, buscar o alvará. Abílio até lembrou a frase do astronauta Neil Armstrong ao pisar na Lua: "Um pequeno passo para a humanidade, um grande passo para um homem". (Era o contrário, mas ele não dava muita importância a esses detalhes.) Dirigiu--se à repartição, animadíssimo. Tão animado que não viu o degrau, o pequeno degrau que precisava galgar para entrar no recinto. Tropeçou, caiu e estatelou-se no chão. Com uma fratura de fêmur, foi levado para o hospital. De onde não saiu. Sobreveio uma infecção, e Abílio, que já era diabético e tinha problemas renais, não sobreviveu. Foi enterrado na semana passada.

O alvará continua à sua espera. Basta um passo para apanhá-lo.

O DESBANCADO QUE VIROU BANQUEIRO

Reinaugurada, a praça da República, no centro de São Paulo, recebeu bancos de madeira com divisórias de ferro impedindo que uma pessoa se deite. O resultado é que agora os moradores de rua passaram a dormir no chão da praça. (26/02/2007)

Como fazia todas as noites, o sem-teto chegou à praça para dormir. Foi direto a seu banco predileto – aliás, que era seu banco predileto os outros mendigos sabiam, e não se atreviam a deitar ali, sob pena de serem expulsos sem dó nem piedade. Homem ainda jovem, violento quando se tratava de defender os seus interesses, o sem-teto não hesitava em partir para a agressão.

Ao chegar à praça, contudo, teve uma surpresa. Seu banco-cama tinha sido substituído por outro, que, mais novo e mais bonito, criava-lhe contudo um problemão, porque tinha várias divisórias de ferro. E, a menos que deitasse sobre elas (coisa que não faria: não era faquir), não tinha mais como dormir ali.

A raiva apoderou-se dele. Pensou em destruir o banco, em colocar fogo naquela coisa maldita. Mas, depois de ter perambulado o dia inteiro, estava cansado demais para isso. De modo que fez como outros mendigos: deitou-se no chão.

E aí viu. A alguns metros de distância estava um pedaço de jornal velho. Trouxera-o provavelmente o vento. Mas, sob o jornal, havia algo, algo que o sem-teto só podia ver exatamente porque estava deitado no chão e não nas alturas do banco.

Uma carteira. Uma carteira de dinheiro.

Correu para lá. Era, sem dúvida, a carteira de um estrangeiro, porque estava recheada de cédulas estranhas (euros, como descobriria depois). Mais, numa divisão havia seis pedras que reluziram ao crepúsculo: diamantes. Verdadeiros.

O sem-teto era pobre mas não era burro. Logo se deu conta de que tinha em mãos uma fortuna, e que aquilo poderia lhe render muito. Precisava apenas que alguém o ajudasse a aplicar aquilo. E ele sabia a quem recorrer. Porque, apesar de seu estado miserável, o sem-teto era de uma família de classe média. Estava brigado com todos os parentes, menos com um tio que trabalhava como corretor na Bolsa de Valores.

Esse tio ajudou-o com o dinheiro. Várias aplicações bem-sucedidas foram feitas e hoje o antigo sem-teto é um homem rico. Um banqueiro: conseguiu comprar um pequeno banco que lhe dá muito lucro. É um elegante estabelecimento que chama a atenção pelo design arrojado. Ah, sim, e pelos bancos nos quais os clientes esperam atendimento. São confortáveis, mas todos têm divisórias de ferro. O banqueiro diz que isso é uma metáfora, alertando as pessoas de que, na vida, cada um deve ter o seu lugar. Mas muitos suspeitam que a inspiração para esse detalhe da decoração deve ter outra origem. Uma certa praça no centro da cidade, talvez?

O AMOR SUPERA O CALENDÁRIO

Vovós tiram a roupa por hospital infantil. Doze senhoras decidem posar nuas em calendário para levantar recursos destinados a um hospital de câncer infantil. O grupo de voluntárias inspirou-se no filme Garotas do Calendário, *do diretor Nigel Cole, e decidiu tirar a roupa para levantar fundos para a instituição. Foram fotografadas nuas e segurando flores.* (25/09/2005)

Convidada por amigas para posar sem roupa para um calendário beneficente, dona Isadora hesitou muito. Educada numa tradição de severo moralismo, desaprovava fotos desse tipo, que considerava baixaria. Além disso, aos setenta anos, não era exatamente um modelo desses que desfilam em passarela, embora conservasse ainda muitos traços de sua passada beleza e tivesse, graças à ginástica diária e a uma dieta controlada, um corpo até razoável para a idade.

De outro lado, a causa era boa; tratava-se de ajudar um hospital especializado em câncer infantil, que precisava muito do dinheiro. Ao longo dos anos dona Isadora sempre participara com entusiasmo em campanhas desse tipo, mesmo que algumas, como a do calendário, fossem um tanto inusitadas, por assim dizer. O certo é que ninguém a recriminaria por sua atitude. O marido, que poderia fazê-lo – era um homem de rígida moral falecera há muitos anos, e os dois filhos moravam no exterior; dificilmente tomariam conhecimento do tal calendário. Mesmo que isso acontecesse, talvez até a apoiassem; eram jovens modernos, ousados mesmo. De modo que resolveu ir em frente, e no dia lá estava ela, sem roupa mas atrás de flores, posando para o fotógrafo. A princípio sentiu-se constrangida, mas lá pelas tantas estava até gostando, e foi muito sorridente que apareceu na foto.

O calendário foi um sucesso; muita gente o adquiriu. Então, um dia, dona Isadora recebeu um telefonema. Do outro lado, uma voz masculina cumprimentava-a pela foto:

— Vejo que você continua bela como sempre. Parabéns.

Era o Belmiro, seu primeiro namorado. Haviam se conhecido no bairro em que moravam; tinham ambos dezoito anos e por uns meses viveram uma tórrida paixão. Mas então o pai dele, militar, levara a família para o Norte, o que acabara por interromper o namoro. Por décadas não se tinham visto; agora, no entanto, Belmiro, de volta à cidade, por acaso comprara o calendário e, pressionado pela saudade, resolvera telefonar. Como Isadora, estava viúvo; e, como ela, recordava com saudades os tempos de namoro.

Estão morando juntos e vivendo muito felizes. Belmiro só fez uma exigência: Isadora jamais posará para um calendário de novo.

O DESTINO NO SOBRENOME

Homens já adotam sobrenome das noivas. Criar uma nova família a partir do nome da mulher, provar o quanto essa mulher é importante na vida do casal, romper com o ranço das tradições: essas são algumas das justificativas que levam os noivos paulistanos a adotar os sobrenomes de suas noivas. (13/03/2005)

Se pelo menos eu tivesse conservado meu sobrenome, suspirava a mãe. Um dorido lamento que ela, durante a infância, ouvia praticamente todos os dias. Explicável: a mãe era uma mulher submissa, maltratada pelo marido e completamente anulada por ele. Muito cedo, portanto, a garota decidiu: não só manteria o sobrenome de solteira como só casaria com um homem que adotasse esse sobrenome.

Logo as oportunidades começaram a aparecer. Bonita, inteligente, ela atraía a atenção dos rapazes. Namorados não lhe faltavam, nem propostas matrimoniais, de modo que podia dar-se ao luxo de escolher.

O primeiro pretendente sério foi Marcelo. Rapaz trabalhador, esforçado, tinha futuro como executivo numa grande empresa. E queria casar. Ela disse que aceitava a proposta, mas com aquela condição, Marcelo teria de adotar o sobrenome dela. Coisa que o rapaz rejeitou, indignado.

Marido adotar o sobrenome da noiva? Completa inversão de valores? De jeito nenhum. Romperam ali mesmo.

O segundo foi o Bruno, não tão sério quanto Marcelo, mas mais inteligente, brilhante, até. Namoraram algum tempo, ele propôs casamento. Quando ouviu a exigência dela, vacilou; não lhe agradava, aquilo, mas fez uma contraproposta: casariam e cada um conservaria seu sobrenome. Nada feito, retrucou ela.

O terceiro foi Arlindo. Não tão inteligente quanto o Bruno, mas muito mais afetivo. Desta vez foi ela quem levantou o assunto: quando a gente casar, disse, eu quero que você adote meu sobrenome. Ele olhou-a, espantado: a verdade é que nunca cogitara disso. Viver juntos, tudo bem; casamento, nem pensar. Ela mandou-o embora, indignada.

Agora, faz tempo que está sozinha. Mas tem observado com interesse um colega de escritório. Homem trabalhador, esforçado, inteligente (brilhante, até), afetivo. Marido ideal.

Problema: ele e ela têm o mesmo sobrenome, Silveira. Se casarem, esse Silveira será o sobrenome dela – ou o dele? Se for este o caso, ela não quer nem saber.

MONKEY BUSINESS

Pinturas de macaco alcançam R$ 61 mil. Três quadros feitos pelo chimpanzé Congo foram arrematados em leilão pelo norte-americano Howard Hong. (22/06/2005)

Ao saber da compra feita por Hong (Hong! Só Hong! Se ao menos fosse o King Kong!), ele teve um ataque de fúria. Há anos pintava, há anos dedicava-se integralmente à arte – e não conseguia vender quadro algum, ainda que seus quadros fossem (como os de Congo, aliás) fortemente abstratos. É o fim da arte, disse à mulher:

– Até um chimpanzé vende quadros. Os verdadeiros artistas não têm vez. Para os macacos, dinheiro e quantas bananas eles quiserem. Para os pintores como eu, uma banana. Banana podre, ainda por cima.

Mas aquilo acabou dando-lhe uma ideia. Porque também tinha um macaco em casa. Não um chimpanzé, para o qual não haveria espaço; seu macaco era um mico chamado Cafuá, um macaquinho pequeno e muito esperto, que chamava a atenção dos raros visitantes do ateliê. Na verdade, era mais conhecido como o dono do Cafuá do que como artista. Por que não tirar proveito disso? Por que não repetir o caso Congo?

Procurou um jornalista conhecido e contou uma história. Disse que, no dia anterior, ao chegar em casa, encontrara o mico macaqueando o dono: pincel e paleta nas mãos, pintava um quadro. Um quadro abstrato, naturalmente, mas que nada ficava a dever às obras do Congo. O jornalista, sem assunto, resolveu fazer uma matéria a respeito, com fotos de Cafuá e do quadro.

No dia seguinte choveram telefonemas no ateliê. Muitas pessoas que sabiam da história do chimpanzé Congo, e, acreditando num bom investimento, queriam comprar o quadro. Que foi vendido por uma boa quantia.

A partir daí ele não teve mãos a medir. Qualquer quadro que Cafuá supostamente pintasse tinha comprador. Mais que isso, uma galeria especializada organizou, em parceria com uma cadeia de *pet shops,* uma grande exposição chamada "Arte macaca", que até foi levada a Miami, onde recebeu o título, mais conveniente, segundo o empresário americano que se encarregou da operação, de "Monkey Business", negócio de macaco.

O artista poderia ter mantido essa situação durante muito tempo, não fosse uma infeliz ideia que, numa tarde, lhe ocorreu. Resolveu dar pincel e tinta a Cafuá para ver se o macaco sabia mesmo pintar. Sem vacilar, o mico correu para uma tela e ali, em questão de horas, retratou seu dono ao estilo renascentista, com uma perícia e uma sensibilidade que deixariam Leonardo da Vinci boquiaberto.

O artista agora vive um grande dilema. Se mostrar o quadro ninguém acreditará que a obra é de Cafuá. E se não o mostrar privará o mundo de um grande talento.

Poderia, claro, assumir ele próprio a autoria das obras; mas isso não seria justo para com o talentoso mico. E, de qualquer jeito, ninguém lhe daria importância – como importância alguma lhe haviam dado no passado. Só lhe resta alimentar Cafuá com as melhores bananas que encontra no super. E pedir-lhe desculpas diariamente.

MIAU

*T*oda noite a feirante Satiko Motoie Simmio, 56, vai ao parque Tenente Siqueira Campos, o Trianon, na Avenida Paulista (zona oeste de SP), alimentar os gatos que vivem no local — cerca de 25, diz ela. A feirante gasta R$ 800 por mês na alimentação dos gatos. (04/10/2004)

Menino de rua, sem pai nem mãe, ele era pobre, era feio, era analfabeto. Mas possuía uma habilidade da qual se orgulhava: imitava à perfeição o miado de um gato. Certo, muita gente faz isso, mas no caso dele era arte, arte pura. Tão autêntico era o seu miado que fazia os cachorros da vizinhança latirem, irritados. Daí o seu apelido: Miau. Era como ele mesmo se apresentava; o nome verdadeiro pouco importava.

Vida difícil, a dele. Dormia na rua, vestia trapos, muitas vezes passava fome. Arranjar comida era sua preocupação maior, uma preocupação que ressurgia a cada manhã.

Foi então que ouviu falar na senhora que alimentava gatos. Uma senhora muito boa, que proporcionava aos felinos do Trianon generosas rações.

Aquilo lhe deu uma ideia. Naquela mesma noite foi até o parque, escondeu-se atrás de um arbusto. Pouco depois apareceu uma senhora, trazendo um cesto. É ela, pensou, e de imediato começou a miar, um miado inspirado, o melhor miado que já produzira. A senhora deteve-se; olhou em direção ao arbusto, não viu gato algum, mas convencida de que ali deveria estar um felino faminto depositou no solo uma generosa ração. Miau esperou que ela se afastasse e mais que depressa atirou-se ao alimento. Era comida para gato, claro, mas muito saborosa.

Desde então ele tem repetido a manobra todas as noites. Não passa mais fome, e até engordou um bocado. Mas enfrenta dois problemas.

O primeiro é o dos gatos propriamente ditos, que não estão gostando da concorrência e mais de uma vez se dispuseram a atacá-lo. Deles, porém, Miau não tem medo; além de miar, sabe rosnar e já mostrou, rosnando, que o dono do pedaço agora é ele.

O segundo problema resulta de uma inquietação quanto ao futuro. A senhora é absolutamente fiel aos animais e todas as noites cumpre o ritual de alimentá-los. Mas por quanto tempo fará isso? E o que acontecerá se ela um dia ficar doente, ou tiver de viajar? Quem providenciará a ração de comida?

Para essa interrogação o garoto não tem resposta. Já observou, contudo, que o lugar está cheio de camundongos gordinhos e lentos. Com um pouco de treino conseguirá apanhar cinco ou seis deles numa noite. Para quem se chama Miau, não deve ser difícil.

Massageando o dorso político

A presidência da Câmara Municipal de Serra (ES) fez uma compra de material inusitado para os vereadores da Casa. São dezessete poltronas de couro, anatômicas, reclináveis, dotadas de controle remoto que ativa um sistema eletrônico de massagem nas costas e na nuca. Foram gastos R$ 62.900. (21/03/2006)

A aquisição das dezessete confortáveis poltronas provocou, como era de esperar, muita controvérsia no país. Por causa disso um grupo de cientistas resolveu testar a possível correlação entre as referidas poltronas e o desempenho dos parlamentares que nelas eventualmente tomassem assento. Cinco ex-vereadores dispuseram-se voluntariamente a servir como cobaias para a experiência. Como disse um deles: sempre tive costas largas, agora está na hora de massageá-las um pouco.

O objetivo dos cientistas era avaliar a produtividade dos ex-edis quando sentados nas cadeiras. Essa produtividade, por sua vez, seria expressa pelo número de projetos de lei formulados durante as várias fases do teste.

Os resultados foram surpreendentes. Verificou-se que o número de projetos de lei crescia na proporção direta da velocidade da vibração massageadora; ou, como observou espirituosamente um dos cientistas, quanto mais vibração, mais os ex-vereadores vibravam. Vibravam e tinham ideias. Um deles chegou a formular nada menos que oito projetos de lei em apenas quinze minutos de massagem com alta frequência.

Surgia então um efeito paradoxal. A certa altura indivíduos testados caíam no sono, dois ou três roncando sonoramente. Não chegava a ser algo inesperado; afinal, uma das coisas que acontecem para quem senta em poltrona confortável é exatamente isso, um sono profundo e reparador. Mas havia um detalhe curioso. Ao despertar, os voluntários relatavam que haviam sonhado. E o sonho era notavelmente igual: todos eles viam-se de volta à Câmara de Vereadores, ganhando polpudos salários e contando com a entusiástica aprovação dos eleitores.

Havia uma exceção. Um dos vereadores, o mais velho deles, chegou à conclusão de que a poltrona, embora perfeita, não era compatível com a função parlamentar. Afinal, disse, vereadores são pagos não para receber massagens ou para sonhar, mas para trabalhar. E para isso, argumentava, talvez seja melhor uma cadeira dura do que uma poltrona macia.

Os outros não estavam de acordo com tal ideia. E lembraram que o ex-vereador estava, na verdade, falando de barriga cheia: recentemente tinha casado de novo, com uma mulher muito mais jovem do que ele, uma conhecida massagista. Ou seja: o homem tinha massagem a domicílio. Não precisava de poltronas especiais para isso, podia contar com mãos suaves e macias.

Enfim, os ex-vereadores apoiaram totalmente a compra das poltronas. Um deles disse que, se fosse eleito, seu primeiro projeto de lei teria por objeto exatamente isso, a aquisição de poltronas similares. A democracia precisa de bases confortáveis.

Já li isso em algum lugar

Se você é daqueles que nunca encontra as palavras certas para terminar um relacionamento, saiba que existe um site com dicas para romper. *Há cartas em estilo formal ou poético para rompimento por escrito.* (02/03/2005)

Ele era um rapaz sério, trabalhador. Ela era uma moça séria, trabalhadora. Namoravam havia muitos anos. Desde a infância, na verdade. Porque as famílias se conheciam, e faziam gosto de que os dois namorassem. E assim eles namoravam, e até falavam em noivar e em casar.

A verdade, porém, é que o relacionamento entre ambos era, no máximo, morno. Muito respeito mútuo, bastante afeto, tratamento cordial; mas paixão, paixão arrebatadora, isso não havia. De qualquer modo foram levando o relacionamento e falando vagamente em datas para o matrimônio.

Mas aí ele conheceu outra garota. Encontro casual, num supermercado. Ela estava atrapalhada com o carrinho, ele a ajudou, começaram a conversar, saíram para tomar alguma coisa, marcaram um encontro – e quando deu por si ele estava, aí sim, apaixonado.

O que representava um tremendo problema de consciência. Como contar à namorada de tantos anos o que estava acontecendo? Como terminar aquela antiga ligação?

Foi então que ouviu falar do site que dava dicas para romper. De imediato entrou ali. Havia numerosos modelos de cartas, desde as curtas e brutais ("Estou cheio de sua cara, desapareça") até as mais sofisticadas e elegantes. Destas, escolheu uma que lhe pareceu particularmente satisfatória: "Durante muitos anos convivemos com afeto e alegria. Durante muitos anos nossa existência foi iluminada pela lâmpada do amor. Mas seja por falta de energia, seja por outra razão qualquer, a lâmpada do amor está se apagando. Antes que fiquemos totalmente no escuro, é melhor que terminemos nossa relação como amigos. É melhor que busquemos a luz em outros amores. Guardaremos, um do outro, uma terna lembrança; é isso o que importa".

Imprimiu a carta, assinou-a e telefonou para a namorada marcando um encontro naquela mesma noite. Era uma segunda-feira, e ela não gostava de sair nas segundas-feiras, mas, para surpresa dele, aceitou o convite de imediato: eu também precisava falar com você, é muita coincidência.

Foi mais fácil do que ele esperava, muito mais fácil. Disse que algo tinha acontecido, algo que uma carta explicaria, e entregou-lhe o envelope fechado. Ela replicou que também tinha uma carta para ele. Despediram-se, numa boa.

Ele entrou num bar, abriu o envelope, e leu: "Durante muitos anos convivemos com afeto e alegria. Durante muitos anos nossa existência foi iluminada pela lâmpada do amor. Mas seja por falta de energia, seja por outra razão qualquer, a lâmpada do amor está se apagando. Antes que fiquemos totalmente no escuro, é melhor que terminemos nossa relação como amigos. É melhor que busquemos a luz em outros amores. Guardaremos, um do outro, uma terna lembrança; é isso o que importa".

Com o que ele concluiu: grandes amores são para poucos. Mas *sites* na internet estão ao alcance de todos.

FOME DE AMOR

Homens com fome preferem as gordinhas. Um estudo da universidade inglesa de Newcastle, publicado no British Journal of Psychology, *mostra que a fome pode mudar o gosto dos homens na hora de escolher as mulheres que eles acham atraentes. Dos estudantes que participaram do estudo, 30 estavam chegando ao refeitório da universidade para almoçar e 31 estavam saindo, depois de fazer a refeição. Tiveram que dar uma nota para 50 mulheres de pesos variados, todas fotografadas usando roupas de ginástica justas. Os rapazes com fome deram notas melhores para as mulheres gordinhas do que os que haviam se alimentado.*
(30/07/2006)

Ela não era das que escondem sua paixão, das que sofrem em silêncio. Ao contrário, acreditava em ir à luta, em conquistar o amado. O amado era Pedro, colega de faculdade. Amado de muitas, aliás. Pedro era um rapaz bonito, inteligente, culto, sofisticado; o namorado ideal. As moças enxameavam ao redor dele.

De alguma maneira, e apesar da concorrência, ela conseguiu aproximar-se do Pedro. Marcou um encontro, sob o pretexto de discutirem um trabalho que ambos deveriam apresentar. Foi ao pequeno apartamento onde ele morava sozinho. Conversaram sobre o tal trabalho, mas de súbito ela, possuída de paixão, arremessou-se sobre ele: sou sua, Pedro, toda sua, possua-me. Para sua surpresa, ele resistiu à investida. Resistiu com calma, mas com firmeza: contenha-se, você está fazendo uma bobagem. Magoada, ele quis saber por que ele a recusava. Hesitando um pouco, ele acabou confessando: você é gordinha, disse.

E aí explicou que tinha um trauma em relação às gordinhas. Uma coisa talvez ligada à própria mãe, que era gorda e que sempre o oprimira. De qualquer modo, só namorava garotas magras, magérrimas, de preferência. Portadoras de anorexia nervosa eram as suas preferidas.

Ela o ouviu em silêncio. Porque, de fato, para magra ela não dava. Com um metro e sessenta de altura, pesava quase noventa quilos. Pelos critérios do rapaz, estava irremediavelmente rejeitada. Despediu-se, em lágrimas, e foi para casa.

E aí, um recado do Destino. No jornal daquele dia estava a notícia sobre um trabalho científico, mostrando que homens esfomeados preferem as gordinhas.

De imediato, um plano esboçou-se em sua mente. Ela precisava fazer o Pedro passar fome, muita fome. Como? Pagaria a um marginal qualquer para sequestrá-lo e mantê--lo em cativeiro por cinco, seis dias. Sem comida. Água sim, comida não. E ela, supostamente, seria a sua libertadora. Por conta própria investigaria o sequestro, chegaria ao local onde ele estava e o libertaria. A primeira pessoa que Pedro veria seria ela. E então, além da gratidão, ela poderia contar com a fome, que a tornaria inevitavelmente atraente. Ele cairia nos braços dela e seriam felizes para sempre. Um plano que nunca pôs em prática. Por uma simples razão. Sabia o que ele diria depois. Ele diria: "Olhei para você, amada, e vi uma imensa galinha assada, deitada numa travessa e esperando por mim". O que ela não poderia suportar. A fome do amor faz milagres. Mas alguns podem ser bem desagradáveis.

DEUS, CENSURADO

A Rainha, de Stephen Frears, teve nada menos do que seis indicações ao Oscar – incluindo as categorias de melhor filme, diretor e atriz. Mas a notoriedade da produção britânica nos Estados Unidos não o salvou de uma trapalhada que resultou em uma "censura culposa" (sem intenção). Na versão que é exibida durante os voos de algumas companhias aéreas, o longa que traz Helen Mirren no papel de Elizabeth II não tem a palavra "Deus" uma única vez sequer. O termo foi cortado durante a edição realizada por um funcionário da distribuidora que seleciona os filmes para a Delta Airlines, a Air New Zealand e outras companhias. De acordo com a agência de notícias Associated Press, tudo não passou de um mal-entendido. O funcionário da distribuidora tinha ordens de excluir do longa tudo o que pudesse ser considerado blasfêmia. Em vez de cortar as declarações contra Deus, ele cortou a palavra "Deus". Quem assiste à produção escuta um longo BIP no lugar de "Deus", mesmo em expressões inofensivas como "Deus te abençoe". (12/02/2007)

No princípio [BIP] criou o céu e a terra. A terra estava deserta e vazia, as trevas cobriam o oceano e um vento impetuoso soprava sobre as águas. [BIP] disse: "Faça-se a luz!" E a luz se fez. [BIP] viu que a luz era boa. [BIP] separou a luz das trevas. E à luz [BIP] chamou dia, e às trevas [BIP] chamou noite. Fez-se tarde e veio a manhã: o primeiro dia.

[BIP] disse: "Faça-se um firmamento, entre as águas, separando umas das outras". E [BIP] fez o firmamento. [BIP] separou as águas que estavam por baixo do firmamento das águas que estavam por cima do firmamento. Ao firmamento [BIP] chamou céu. Fez-se tarde e veio a manhã: o segundo dia.

[BIP] disse: "Juntem-se as águas que estão aqui debaixo do céu e apareça o solo firme". E assim se fez. Ao solo [BIP] chamou "terra"; ao ajuntamento das águas, [BIP] chamou "mar". E [BIP] viu que era bom.

E assim [BIP] criou plantas, e estrelas, e pássaros, e peixes, e animais terrestres. [BIP] viu que era bom.

Mas aí [BIP] resolveu criar o homem à sua imagem e semelhança. [BIP] fez o homem e a mulher. Eles cresceram e se multiplicaram e encheram a terra de descendentes. E esses descendentes, sob o olhar benévolo de [BIP], se espalharam pelos cinco continentes, trabalharam, criaram máquinas e inventaram coisas. Uma dessas coisas era o cinema. Os humanos gostavam muito dos filmes, mas alguns humanos não gostavam do que era dito nos filmes. Acharam que certas palavras poderiam criar problemas: por exemplo, o nome de [BIP]. Os religiosos talvez vissem no uso desse nome um desrespeito, os não religiosos quem sabe se ofenderiam. Então alguém determinou que, em certos filmes, o nome de [BIP] fosse substituído por um [BIP].

Muitos estranharam, e a notícia correu mundo. Mas [BIP] não estranhou. Em primeiro lugar porque [BIP] não anda de avião, nem mesmo na primeira classe: [BIP] não precisa voar, está em qualquer lugar a qualquer hora, sem temer atrasos em aeroportos. Segundo porque [BIP] não assiste a filmes. Melhor dizendo: em matéria de invenção e de criação, [BIP] já viu tudo o que pode ser visto. [BIP] é o único que sabe de antemão o resultado do Oscar.

CLOCKY, O IMPLACÁVEL

Despertador se esconde de dorminhoco. Gauri Nanda, estudante do célebre Laboratório de Mídia do Instituto Tecnológico de Massachusetts, EUA, inventou um despertador que obriga os dorminhocos a se levantarem para desligá-lo. Na hora aprazada, a engenhoca, batizada Clocky, começa a soar, cai no chão e desloca-se – cada manhã para um local diferente. Para desligar o alarme, a pessoa precisa se levantar e procurar o despertador. (09/04/2005)

Aí está a solução do meu problema, pensou, tão logo ouviu falar no fantástico despertador inventado nos Estados Unidos. Ele era daqueles que sempre querem dormir mais cinco minutos; só que esses cinco minutos facilmente transformavam-se em uma hora. Resultado: estava sempre chegando atrasado ao emprego, o que lhe valera não poucas repreensões do chefe. Mas um despertador que continuasse tocando, e mais, que tivesse de ser procurado, certamente resolveria o seu problema.

Conseguir o Clocky naturalmente não seria fácil, mas, com a ajuda de amigos que estudavam no Instituto Tecnológico de Massachusetts, obteve uma cópia do projeto, com a promessa de mantê-lo em segredo. Já confeccionar o despertador não foi difícil: ele era técnico em eletrônica e tinha uma habilidade incrível. Assim, logo tinha em sua mesa de cabeceira a engenhoca. Que funcionava muito bem. Na verdade, funcionava melhor que o esperado. A cada manhã ele acordava sobressaltado com o alarme e tinha de caçar o Clocky pelo apartamento, que não era grande, mas tinha milhares de esconderijos. Coisa exasperante, mas, ele reconhecia, necessária: espantava completamente seu sono.

Uma manhã, contudo, Clocky ultrapassou todos os limites. Tocava como um demônio, e ia de peça em peça, seu dono correndo atrás. Finalmente conseguiu encurralar o maldito no pequeno terraço do apartamento, situado no segundo andar. E aí aconteceu o imprevisto; num gesto aparentemente desesperado, Clocky saltou pela amurada.

Lá embaixo a rua estava praticamente deserta. Só havia ali uma moça, aparentemente esperando um táxi. Ele desceu correndo as escadas, ainda de pijama, e dirigiu-se até ela. Ia perguntar pelo Clocky, mas não o fez. Era tão linda, a jovem, que ele esqueceu completamente o despertador e cumprimentou-a amavelmente. Ela sorriu, simpática...

Estão vivendo juntos, no apartamento dela. Mas de vez em quando, enquanto estão fazendo amor, ele ouve o alarme. É o Clocky, certamente, o implacável Clocky. Escondido, mas ainda por perto.

CÂMERA INDISCRETA

As câmeras de segurança podem ajudar a polícia e proteger propriedades, mas também podem fazer as pessoas se sentirem violadas e incomodadas. (27/04/2005)

Não era exatamente um trabalho muito excitante: ele supervisionava o funcionamento de cerca de vinte câmeras de segurança espalhadas numa área da cidade muito sujeita a assaltos (muitas agências bancárias ali, muitas lojas elegantes). Sua tarefa era certificar-se de que as câmeras estavam captando e gravando adequadamente imagens que, eventualmente, poderiam servir de prova contra criminosos e delinquentes.

A mulher, jovem e ambiciosa, achava esse trabalho um lixo. Como o marido ganhava pouco, tinham de morar num apartamento minúsculo e andar de ônibus, quando o sonho dela era ter uma mansão cheia de criados e desfilar pela cidade num carrão importado. Se isso não acontecia, era só por causa dele. Você é um incompetente, dizia, você nunca serviu para coisa alguma, seus amigos de infância hoje são ricos executivos, enquanto você fica aí fazendo esse trabalho de voyeur. Ele optava por ignorar as sarcásticas observações, mesmo porque tinha certeza de que, um dia, seu trabalho seria reconhecido. Um dia ocorreria um assalto espetacular a um dos bancos ou a uma das lojas. Ele identificaria os bandidos, seu nome apareceria nos jornais. E aí a mulher finalmente teria de admitir seu erro. Mas, enquanto isso, sucediam-se os bate-bocas, e uma noite, irritado, ele acabou batendo nela. Vou me vingar, ela prometeu, enxugando o sangue que escorria do lábio partido.

Um mês depois um dos bancos vigiados pelas câmeras foi assaltado. De madrugada os ladrões entraram por uma loja ao lado e, muito profissionais, arrombaram o cofre, levando todo o dinheiro. Pela manhã ele foi chamado com urgência pelo chefe: precisava examinar as gravações feitas pelas câmeras. Certamente os bandidos apareciam ali.

Sem demora começou a trabalhar, e, de fato, uma das câmeras captara o momento em que os criminosos, três, saíam do banco, carregando as sacolas com dinheiro. Mas seria difícil identificá-los: todos estavam com capuzes na cabeça. Que droga, ele resmungou, enquanto observava aquilo, mas então sentiu um baque no coração: junto com os assaltantes, havia uma mulher. Ela não usava capuz. Ao contrário, olhava fixamente para a câmera, sorrindo ironicamente. Ele imediatamente a reconheceu. Não tinha como não reconhecê-la: era sua mulher.

Deletou as imagens. Ao chefe, disse que algum problema acontecera com a câmera, e que nada fora registrado. A tecnologia é assim: quando menos se espera, ela nos trai.

Brincando com fogo

Show de pirofagia causa incêndio em uma casa noturna na Vila Olímpia, bairro da Zona Sul de São Paulo que concentra bares e boates frequentados por jovens de classe média e alta. O incêndio começou quando um artista fez apresentação em que cuspia fogo, próximo ao teto de material inflamável. As chamas se alastraram e destruíram a casa toda. Houve correria e quatro pessoas ficaram intoxicadas pela fumaça. (26/11/2006)

"Prezado colunista: não costumo escrever para jornais. Aliás, não costumo sequer lê-los; no lugar em que vivo essas coisas (e também revistas, e rádio, e televisão) são perfeitamente dispensáveis. Mas, por acaso, tomei conhecimento desse grotesco incidente que ocorreu aí onde vocês vivem, na cidade chamada São Paulo, e não pude conter minha indignação. Na verdade eu deveria ter até achado graça dessa história, mas há momentos em que, francamente, os seres humanos ultrapassam todos os limites do respeito.

A notícia fala em um show de pirofagia. Pelo que lembro do grego, pirofagia quer dizer comer fogo. Isso, senhor colunista, é uma deslavada mentira. Essas pessoas, esses pseudo pirófagos, não comem fogo. Fingem que comem fogo, que cospem fogo, mas só fingem. É apenas um truque, primário e constrangedor.

Falo com autoridade, senhor colunista. Porque o fogo faz parte da minha vida, do meu trabalho, dos meus domínios, e isso há muito tempo – poderíamos até falar de uma eternidade, mas como o conceito para muitos é discutível, não usarei o termo. Agora, não tenha dúvida: conheço fogo. E mais, adoro fogo. A visão das chamas erguendo-se gloriosas me comove até as lágrimas. E como fogo, sim senhor. Não como os pirófagos mencionados na notícia. Eu como fogo de verdade. Por exemplo, no meu aperitivo saboreio algumas brasas para abrir o apetite. No almoço ou na janta às vezes devoro tições inteiros. O calorzinho que eu sinto por dentro é, para dizer o mínimo, delicioso. Queimaduras? Não sei o que é isso. Sou, por assim dizer, imune às chamas.

Isso, prezado colunista, é fruto de uma longa experiência. Ninguém sabe mais sobre o fogo do que eu, ninguém. Posso dar cursos a respeito, cursos de graduação e de pós-graduação, e na verdade de certa forma tenho feito isso. As pessoas que aqui recebo logo adquirem intimidade com as chamas. Se elas gostam? Acho que não. Mas a mim não importa. O senhor vê, o sofrimento dos seres humanos não me comove. Até me divirto com isso.

Mas o que não me diverte, o que me deixa furioso, é esse desrespeito com o fogo, uma coisa que é venerada desde que o mundo existe. O fogo, caro colunista, purifica. O fogo destrói o pecado que está entranhado na carne das pessoas. Portanto, brincar com fogo é uma abominação. Que eu, no devido tempo, castigarei. Com fogo, naturalmente. Fogo legítimo, autêntico, não fogo usado em truques. Aguardo, com prazer, a visita de meus futuros hóspedes. Quem sou? Bem, não tenho carteira de identidade. Mas pode me chamar de Satanás."

A ÚLTIMA DO PAPAGAIO

Um britânico descobriu que sua namorada tinha um amante graças às indiscrições de seu papagaio. Chris Taylor, de trinta anos, um programador de computadores de Leeds, contou que, a cada vez que o telefone celular de sua namorada, Suzy Collins, tocava, Ziggy, o papagaio, dizia: "Oi, Gary". A princípio, ele pensou que Ziggy, emérito imitador, havia aprendido a frase pela TV. Suzy negava conhecer algum Gary, e Taylor não suspeitou de nada, nem mesmo quando o pássaro começou a imitar o barulho de beijos ao escutar a palavra "Gary" no rádio ou na TV. Uma noite em que Taylor e Suzy beijavam-se no sofá, o pássaro disse, numa voz idêntica à da moça: "Eu te amo, Gary", Suzy confessou então que estava tendo um caso com um ex-colega chamado Gary. À mídia ela declarou que a relação com Taylor não ia bem: "Ele passava mais tempo falando com o papagaio do que comigo". Taylor acabou vendendo Ziggy para uma loja de animais de estimação. Isso porque o programador de computadores não conseguiu desprogramar o papagaio do hábito de dizer, imitando sua ex-namorada, o nome do homem que foi o pivô do fim do romance. (17/01/2006)

Ah, Ziggy, Ziggy. Viu o que você foi fazer? Como muitas pessoas, Ziggy, você repete bem aquilo que ouve, mas você não pensa no que diz. Ali estava você, com o Taylor, um dono exemplar, um dono que o adorava, tanto que preferia falar com você do que falar com a namorada, Suzy. Ela, aliás, se queixava disso, e lá pelas tantas começou a ter um caso com um ex-colega. Sim, tratava-se de infidelidade, coisa condenável, mas de alguma maneira o arranjo funcionava; em termos de bigamia, a Suzy saía-se bem. Só que ela não contava com a sua indiscrição, Ziggy.

Você logo aprendeu o nome do namorado secreto dela. Coisa que aliás não deve ter sido difícil: "Gary", isto é fácil de pronunciar. E é também um nome comum, tanto que o Taylor pensou que você estava repetindo o que ouvia na televisão. Mas aí você foi mais longe, Ziggy. Você aprendeu também a imitar o som de beijos, e, beijando, você dizia, imitando a voz da Suzy: "Eu te amo, Gary". Mesmo um cara desligado como o Taylor acabaria se dando conta de que algo estava acontecendo. Lá pelas tantas ele rompeu com a moça.

Apesar disso, você continuava falando no Gary e na Suzy. Você praticamente obrigou o pobre Taylor a vender você para uma loja de bichos de estimação (duvido que a esta altura você ainda se enquadrasse, ao menos para ele, na categoria de bichos de estimação). Quer dizer: o Taylor acabou sozinho. Foi a sua última bobagem, Ziggy. A última do papagaio.

Uma pergunta se impõe, Ziggy: por que é que você fez isso? Você queria alertar o Taylor? Você queria debochar dele? Ou será que você estava apaixonado pela Suzy e queria se exibir para ela?

Mistério, Ziggy. Mistério. Temos de confessar: a alma dos papagaios continua sendo, para nós, humanos, território desconhecido. Se houvesse um psicanalista de aves, talvez o enigma fosse decifrado. Difícil, porém: você ficaria repetindo todas as interpretações do terapeuta.

Mas a gente pode dar um conselho a você, Ziggy. Se você puder fugir da gaiola, atravesse o Atlântico voando e venha para o Brasil. Aqui você se transformará num personagem de anedota. Ninguém levará você a sério. O que será melhor para você e para todo mundo.

A PONTE

Pontes são símbolo de desperdício no país. (18/07/2005)

O prefeito queria se consagrar com uma obra monumental, uma obra que fosse vista de longe, que passasse para a história do país como uma maravilha arquitetônica. Muitos projetos foram examinados, mas optou-se por uma ponte, uma grande e moderna ponte. Custou quase o orçamento inteiro, mas ao fim de dois anos estava pronta, aquela coisa gigantesca, com vários vãos e uma altura superior a trinta metros.

Só que não passava rio algum sob a ponte, e isso de imediato começou a ser criticado pela oposição. "Não pode se dizer que muita água passará sob esta ponte", escreveu o líder oposicionista em artigo de jornal, "pela simples razão de que a ponte foi construída no seco." Reconhecendo o erro, a administração municipal tratou de saná-lo. Um rio próximo teve seu curso desviado, de modo a passar sob a ponte. Os pescadores locais gostaram muito, porque podiam pescar da amurada, mas logo outro problema apareceu: rio já havia, mas nenhuma estrada chegava à ponte, nenhuma estrada saía dela. O líder oposicionista voltou à carga: "É como aquelas famosas pontes que unem o nada a coisa nenhuma". De novo, o erro foi reconhecido, e começou imediatamente a construção de uma estrada, que não era muito longa, mas tinha duas pistas, canteiro no meio e, claro, um pedágio. A estrada foi inaugurada com muita festa, mas já no dia seguinte um terceiro problema era trazido à baila: tanto ao norte como ao sul a estrada terminava abruptamente, no meio do deserto descampado. O líder oposicionista disse que não usaria a expressão "unindo o nada a coisa nenhuma", para não se repetir, mas não deixou de assinalar o absurdo. Diante disso, dois conjuntos habitacionais foram construídos, um em cada ponta da estrada, para serem entregues à população.

Só que ninguém foi morar ali. Afinal, não havia qualquer local de trabalho na região, nenhuma fábrica, nada. As casas acabaram sendo demolidas. A estrada, esburacada, desapareceu, engolida pelo mato. O rio, para desgosto dos pescadores, secou.

Mas a ponte, muito bem construída, continua no lugar. E agora, sim, tem uma função. Debaixo dela moram pelo menos umas dez famílias. Acham o lugar um pouco apertado, mas pelo menos não pegam chuva. E morar sob a ponte não deixa de ser romântico. Não tão romântico quanto certos sonhos grandiosos, mas romântico mesmo assim.

O AMOR RECICLADO

Telefone celular se transforma em flor: o aparelho ecológico é fabricado a partir de polímeros biodegradáveis. Na composição do celular os fabricantes também inserem uma semente de flor, que germinará quando o usuário decidir reciclar seu celular, plantando-o na terra. (30/11/2005)

Como presente de fim de ano, a namorada, entusiasta defensora da ecologia, deu-lhe um celular biodegradável. Explicou que se tratava de um aparelho especial, feito de um plástico que, decompondo-se, não poluiria a natureza. E, detalhe poético, havia ali uma semente de flor que germinaria quando o aparelho fosse jogado à terra.

Ele agradeceu muito, disse que se tratava de um presente sensível e de fino gosto. A namorada, contudo, fez uma exigência: ele só poderia usar o celular em chamadas para ela. Para outro tipo de chamadas, profissionais, por exemplo, deveria recorrer a um celular comum. Com o que ele concordou: o aparelho daria testemunho do amor deles, amor que, achava, seria eterno.

Estava enganado. Dois meses depois ela ligou, de uma cidade distante. Pelo celular biodegradável ele ouviu a notícia que o deixou arrasado: na viagem, ela conhecera um rapaz, adepto, como ela, da ecologia, e se apaixonara. Você entende, ela explicou, tudo na vida tem de ser reciclado, inclusive o amor. Desejou-lhe felicidades e disse que agora ele poderia usar o celular ecológico para fazer qualquer tipo de ligação, e para qualquer pessoa: o aparelho, para ela, já era coisa do passado.

Furioso, ele atirou o celular pela janela da casa. Nunca mais queria ouvir falar daquela coisa. Nunca mais queria ouvir falar da infiel namorada. Era uma página virada de sua vida. Algo que pretendia esquecer e da forma a mais completa possível.

Na mesma noite foi até um bar próximo de sua casa, um clássico ponto de encontro para solitários. Ali conheceu uma moça; não era bem seu tipo, mas ele precisava de um novo caso para esquecer o antigo. O que, esperava, não seria difícil.

Mas aí aconteceu o imprevisto. No jardim de sua casa brotou uma flor. O que, num primeiro momento, deixou-o intrigado. Só ele cuidava daquele jardim e não lembrava de ter plantado coisa alguma recentemente. De súbito deu-se conta: era a semente que estava no celular biodegradável. Era o passado que voltava sob a forma de uma flor.

Que, curiosamente, tem um perfume parecido ao da antiga namorada. Mais: quando ele está junto à flor – e sempre que ele pode está junto à flor – parece-lhe ouvir a voz dela sussurrando-lhe doces palavras de paixão. E dizendo que tudo na vida pode ser reciclado. Inclusive o amor.

Guerrilha capilar

A Polícia Federal apreendeu 250 kg de cabelos que entraram no Brasil ilegalmente em um hotel em Curitiba. O material havia sido trazido da Índia. Três pessoas foram presas. O contrabando foi descoberto por acaso: agentes da Polícia Federal estavam hospedados no mesmo hotel e suspeitaram quando a carga era descarregada de uma caminhonete. De acordo com a PF, todas as mechas de cabelo eram pretas e tinham entre 40 e 70 centímetros de comprimento. A carga seria revendida para salões de beleza. (13/03/2006)

A Polícia Federal recolheu os 250 kg de cabelo a um depósito – com o que o caso poderia ser encerrado. A não ser, como disse o vigia do lugar, que piolhos tentassem roubar a exótica mercadoria. O comentário se revelou profético: naquela mesma noite o lugar foi assaltado, e não por piolhos, mas por um bando de homens armados. Imobilizaram o vigia, transportaram os cabelos para uma van e se foram, não sem deixar um bilhete: "Esta é mais uma ação da Frente de Libertação dos Calvos. Lutamos contra a má distribuição de cabelos no mundo. Lutamos contra a propaganda enganosa dos xampus. Lutamos contra a excessiva valorização das bastas cabeleiras. Basta! De agora em diante o mundo sentirá a força de nossa justa ira".

A intenção da misteriosa Frente de Libertação dos Calvos (FLC) era usar os cabelos confiscados para confeccionar perucas, que seriam distribuídas, gratuitamente, a milhares de carecas. Mas, tão logo se reuniram, sob a presidência de um líder mascarado que se identificava apenas como Sansão, os problemas começaram a emergir. Constatou-se que, em primeiro lugar, os cabelos não eram nacionais – procediam da Índia. Além disso, eram todos escuros.

Isso provocou revolta na área mais radical do movimento. Esses extremistas protestavam contra o fato de os cabelos serem procedentes da Índia e serem todos de cor preta, o que significaria a marginalização dos loiros, dos ruivos e dos grisalhos – um duro golpe na diversidade cultural que é a base mesma da emancipação dos oprimidos. De sua parte, o setor mais moderado ponderava que, afinal, a Índia era, como o Brasil, um país emergente, e que portanto os cabelos não traduziriam nenhum tipo de dominação imperialista. E o uso de perucas pretas por todos os membros da Frente poderia ser um símbolo de coerência ideológica e de disciplina revolucionária.

A discussão evoluiu rapidamente para a briga, e lá pelas tantas os adversários estavam atirando mechas de cabelo uns nos outros. Quando terminou a pancadaria, não dava para aproveitar mais nada da preciosa carga de cabelos. O cartaz com a divisa criada por Sansão, "Calvos unidos, jamais serão vencidos", jazia rasgado no chão. Antes que as forças da lei e da ordem aparecessem, foram todos embora. Desiludidos, mas com uma esperança: a de que, no futuro, a Polícia Federal apreenda uma carga de tônicos capilares, desses que fazem crescer cabelo quase que por milagre.

DIVÓRCIO E RECESSÃO

Há uma piada nos EUA: o motivo pelo qual um divórcio é tão caro é que ele "vale o preço". Para um crescente número de casais norte-americanos, porém, esse preço se tornou alto demais. Especialistas relatam que a crise econômica está forçando casais a permanecerem juntos, e, para quem insiste na separação, a briga agora é para ver quem vai ficar com a casa e as dívidas que vêm com ela. A Academia Americana de Advogados Matrimoniais diz que, em uma proporção de quase 2 para 1, seus afiliados assistem a uma queda em pedidos de divórcio, devido à recessão.
(04/01/2009)

Foi um longo casamento, mas lentamente começou a chegar ao fim. Sem brigas; os dois – ele, engenheiro mecânico, ela, professora – eram pessoas finas, educadas, e sabiam como se portar mesmo numa situação difícil. Já não partilhavam a mesma cama, cada um tinha seus casos, mas discutiam francamente a questão do divórcio. Não precisavam de advogados, e muito menos da ajuda dos filhos, que, já adultos, moravam em cidades distantes e preferiam não se envolver. Não era necessário, aliás. A questão da casa, por exemplo, foi resolvida, depois de algum debate. Pesava sobre ela uma dívida, mas chegaram a um acordo: o marido ficaria de posse do imóvel, do qual gostava muito, e arcaria com a quantia a pagar.

De repente, a recessão.

Foi ruim para os dois, sobretudo para ele. Executivo em uma grande montadora de automóveis, perdeu de imediato o emprego. Ela conservou o seu, mas teve de renegociar uma redução no salário. Mais que isso, a casa foi tomada pelo banco.

O que fazer? Mais uma vez se reuniram, os dois. Debateram bastante e chegaram a uma conclusão: o divórcio teria de ser adiado. Não tinham como manter duas moradias, nem como arcar com as despesas judiciais. O jeito era esperar uma melhora na situação econômica. Afinal, ponderou ele, o país já tinha passado por outras crises antes e se recuperado. Num futuro, que acreditava não muito distante, as coisas melhorariam, eles se separariam e cada um poderia seguir sua vida. Ela concordou.

A primeira providência seria conseguir um lugar para morarem durante aquilo que denominavam, eufemisticamente, "período de transição". Não foi fácil. Só dispunham dos rendimentos dela, e não queriam recorrer aos filhos, que também estavam em dificuldades. Teria de ser um apartamento, e pequeno. Puseram-se a campo, cada um procurando.

Uma noite ele voltou para casa, perturbado, mas sorridente. Achei um lugar para nós, anunciou.

Era um velho e pequeno apartamento de um dormitório – o apartamento em que tinham morado quando recém-casados. Por uma incrível coincidência estava vago. E o aluguel era acessível. Ela sorriu: deve ser a mão do destino, disse.

No dia seguinte mudaram-se, e à noite lá estavam os dois, deitados na velha cama de casal. Normalmente cada um deveria virar-se para seu lado e adormecer. Mas, num impulso, abraçaram-se. E aí tiveram o que, na manhã seguinte, ele, sorridente, chamou de "uma segunda lua de mel".

Estão se redescobrindo, estão se reapaixonando. E só esperam uma coisa: que a crise dure muito, muito tempo.

DEPOIS DO CARNAVAL

*A lista dos 150 proprietários de terra que mais devastaram a floresta amazônica deverá ser divulgada **depois do Carnaval.** (30/01/2008)*

*Em relatório a ser apresentado ao governo **depois do Carnaval**, especialistas contratados pelo Ministério do Meio Ambiente para avaliar as ações contra o desmatamento apontam a suscetibilidade do Ibama à "excessiva burocratização".* (30/01/2008)

*O Conselho Nacional de Biossegurança adiou para **depois do Carnaval** a decisão sobre os pedidos de comercialização de duas variedades de milho transgênico.* (30/01/2008)

*"**Primeiro o Carnaval**; depois, mudanças", diz novo chefe da PM do Rio.* (30/01/2008)

*As negociações dos cargos do setor elétrico, que estão na mira do PMDB, foram adiadas para **depois do Carnaval**.* (29/01/2008)

*O presidente da CPI das ONGs, senador Raimundo Colombo (DEM-SC), prepara para **depois do Carnaval** uma análise preliminar apontando indícios de fraudes.* (25/01/2008)

"A construção do terceiro aeroporto é uma decisão tomada. A dos trens de Viracopos também", disse o ministro Nelson Jobim. O

ministro afirmou que irá encontrar o governador de São Paulo, José Serra (PSDB), depois do Carnaval. (25/01/2008)

Após serem recebidos na Câmara de São Paulo, motoboys dispersaram a manifestação que complicou o trânsito na cidade. Os motociclistas entregaram a pauta de reivindicações da categoria.

"A obrigação da Casa é reabrir a discussão. Será o primeiro trabalho depois do Carnaval", disse o vice-presidente da Câmara. (18/01/2008)

O presidente do Senado, Garibaldi Alves (PMDB-RN), pretende reunir os líderes partidários para definir as propostas que devem ser incluídas como prioridades na pauta de votações da Casa. O Congresso retoma as atividades depois do Carnaval. (17/01/2008)

Confederação dos Trabalhadores no Serviço Público Federal ameaça convocar uma plenária logo depois do Carnaval para discutir uma possível paralisação dos servidores públicos. (11/01/2008)

O presidente da Comissão Mista de Orçamento, José Maranhão, disse que o calendário será mantido, com votação do Orçamento depois do Carnaval. (4/01/2008)

Prédio dos Ambulatórios do Hospital de Clínicas só deverá ser totalmente reaberto depois do Carnaval. Até lá, o HC não deve receber pacientes novos. (03/01/2008)

*O presidente Lula pretende editar um decreto no primeiro trimestre de 2008, **depois do Carnaval**, para determinar a abertura de todos os arquivos oficiais do período da ditadura militar.* (28/12/2007)

*Proprietários rurais de 36 municípios listados como alvo prioritário de ações de combate ao desmatamento terão até meados de março para recadastrar seus imóveis. O recadastramento começa **depois do Carnaval**.* (26/01/2008)

"Acabou nosso carnaval/ ninguém ouve cantar canções/ninguém passa mais brincando feliz/ e nos corações/saudades e cinzas foi o que restou." **Carlos Lyra, *Marcha da Quarta-Feira de Cinzas***

PREVISÕES SOBRE O MENINO QUE NASCEU NAS ALTURAS

Uma passageira da companhia francesa Air Austral deu à luz uma criança no banheiro do avião em que voava da cidade de Lyon para a ilha francesa de Reunião, no oceano Índico. A passageira entrou no banheiro do aparelho sem avisar a ninguém. Uma aeromoça percebeu que a mulher, de 25 anos, não saía, e foi perguntar o que estava acontecendo. Só então soube que um bebê estava nascendo enquanto o avião, com 170 passageiros, sobrevoava o território etíope. Um médico que estava a bordo se encarregou de cortar o cordão umbilical e comprovar que a mãe e o recém-nascido estavam em perfeito estado de saúde. (01/01/2006)

1. Este menino sempre terá um motivo de orgulho. Seus amiguinhos, ingenuamente, dirão que foram trazidos por uma cegonha, ave que, como se sabe, tem limitada capacidade de voo e de transporte de carga. Mas o menino poderá dizer que foi trazido por um potente avião, que além dele levava 170 passageiros, todos maravilhados com seu nascimento.

2. Este menino sempre terá uma dúvida: qual a sua nacionalidade? Francesa? Talvez. Ele nasceu de mãe francesa, numa aeronave francesa, entre dois aeroportos franceses.

Mas, por outro lado, naquele momento o avião sobrevoava território etíope, estava no espaço aéreo etíope. Não deveria ele considerar-se um etíope? Sim, todo mundo sabe que a renda *per capita* da Etiópia não é lá essas coisas, que o país é pobre e que passou por períodos de fome; mas destino é destino, e, se o destino quis que ele nascesse etíope, não seria o caso de aceitar esse fato? Não seria o caso de (mais tarde, naturalmente) mudar-se para a Etiópia e iniciar uma carreira política, lançando-se candidato sob o lema "Desci do céu para salvar o país"?

3. Este menino sempre se considerará superior a outros mortais. Na verdade, ele nasceu a meio caminho entre o céu e a terra, o que teoricamente o situaria em uma peculiar posição hierárquica, entre os seres humanos e os anjos. Por causa disso, ele terá um ar angelical. Muito cedo aprenderá a tocar harpa. E procurará uma bela moça a quem possa servir de anjo da guarda.

4. Este menino sempre inspirará inveja a outros meninos. Que debocharão dele, dizendo "você é um avoado, você está sempre no ar, trate de pisar em terra firme". A isso ele responderá com desprezo: não falo com criaturas inferiores, eu já tinha milhagem desde o meu primeiro segundo de vida.

5. Este menino sempre terá um secreto receio: e se um dia uma astronauta grávida embarcar numa nave espacial, dando à luz fora da órbita de gravidade da Terra? Nesse momento a sua glória inevitavelmente diminuirá, ele passará para um segundo plano no noticiário. Só uma alternativa

lhe restará então: casar com uma marciana, uma daquelas mulherezinhas verdes e com antenas, e ter um filho no distante planeta. Um recorde que só será quebrado quando alguém der à luz numa galáxia muito, muito longínqua (ver: *Guerra nas Estrelas*).

IGUARIA

O restaurante madrilenho Estik lançou um hambúrguer que custa 85 euros (cerca de R$ 250) e que é feito com uma verdadeira iguaria: a carne de boi de Kobe. Esses animais, que apesar de terem o nome da cidade japonesa provêm da Nova Zelândia, são criados em ambiente com música clássica e recebem cerveja para ficarem mais tenros e saborosos. (21/06/2006)

Um hambúrguer que custa 85 euros destina-se a clientes muito exigentes e só pode ser vendido mediante rigoroso controle de qualidade, sobretudo no que se refere à carne. Tarefa que deve ficar a cargo de um perito especializado. São poucos, esses peritos. O mais famoso deles é um personagem até certo ponto misterioso, que não gosta de ser visto e muito menos de falar sobre o trabalho, e que é conhecido apenas como o senhor K. K de Kobe, bem entendido.

O senhor K. sabe tudo acerca da carne do chamado boi de Kobe. E, exatamente porque sabe tudo, é uma pessoa desconfiada. Não confia nas informações dos produtores; claro, qualquer um deles dirá que o boi em questão foi criado ouvindo música clássica, recebendo cerveja para beber e sendo massageado diariamente por profissionais. Mas será que isso aconteceu mesmo? Será que não se trata de mistificação?

O senhor K. é capaz de responder a essa pergunta, dispensando qualquer auxílio de espiões industriais. Ele usa simplesmente o seu paladar. Provando a carne, o senhor K. pode dizer tudo sobre ela. A começar pela cerveja dada ao animal. Foi Budweiser? Foi Molson? Foi Löwenbräu? Foi Heineken? Foi Bock? O senhor K. não apenas identifica a marca, mas diz a que temperatura estava a cerveja e se foi bem aceita ou não pelo boi.

Da mesma maneira, o senhor K. sabe avaliar o trabalho do massagista. Quanto tempo durou a sessão de massagem? Que grupos musculares foram alvo desta? A que escola de massagem pertence o profissional? Qual o grau de atenção dedicado ao que está fazendo?

E finalmente a música. Sim, música ambiente sempre deve estar presente no alojamento de um boi de Kobe. Provando a carne, o senhor K. é capaz de dizer que peças musicais o animal ouviu. Coisa importante; o suave Debussy, por exemplo, torna macio qualquer bife, ao passo que o belicoso Wagner deve ser usado se o objetivo é uma carne mais firme, mais consistente.

O trabalho do senhor K. é unanimemente reconhecido e ele é extremamente bem pago. Mas isso não o torna feliz. O senhor K. é um solitário. Vive sozinho num enorme apartamento. Claro, ele poderia consolar-se. Com cerveja, por exemplo: a Budweiser, ou a Molson, ou a Löwenbräu, ou a Heineken, ou a Bock. Mas o senhor K. não gosta de cerveja. Também não gosta de música clássica, de Debussy ou de Wagner. E, pior de tudo, o senhor K. não tem quem o massageie. Por causa de tudo isso, o senhor K. sente-se cada vez mais duro, mais fibroso. Eu nunca daria um bom hambúrguer, suspira ao deitar-se. Apaga a luz, vira para o lado e adormece, um sono profundo que tem muito em comum com a morte.

lepmeditores
www.lpm.com.br
o site que conta tudo

IMPRESSÃO:

PALLOTTI
GRÁFICA

Santa Maria - RS | Fone: (55) 3220.4500
www.graficapallotti.com.br